Das Buch ist meiner lieben Frau gewidmet, mit der ich nun seit vielen Jahren glücklich verheiratet bin.

AF171384

„Ich glaube, ich bin auf dem Mond"

Eine Amerikanerin findet sich in der alten Welt

Bibliografische Information der Deutschen Nationalbibliothek.
Die Deutsche Nationalbibliothek verzeichnet diese Publikation
in der Deutschen Nationalbibliografie; detaillierte,
bibliografische Daten sind im Internet über http://dnb.dnb.de
abrufbar.

© 2016 Jürgen Mann
Herstellung und Verlag
BoD – Books on Demand, Norderstedt

ISBN: 978-3-7412-9060-2

1.

Irgendwie sollte es nicht sein. Es lief nicht mehr so gut zwischen uns beiden. Vielleicht war es ja auch nur ihre und meine Karriere, die für jeden von uns wichtig war. Vielleicht war es ja auch nur das stille Einverständnis, keine Kinder zu haben; das Gegenteilige hätte uns wahrscheinlich näher gebracht. Ich weiß es nicht genau.

Ich hatte meinen ersten kleineren Traumjob bekommen. Eine kleine Niederlassung einer amerikanischen Technologie-Firma: spezielle Koax-Kabel mit Steckern hauptsächlich für die diagnostischen Ultraschall-Geräte. Als Diplom-Ingenieur und dem Verkauf und Marketing zugetan, genau die richtige Aufgabe für mich: Europäischer Verkaufsleiter mit einer kleinen GmbH. Eine Herausforderung, nicht langweilig; Aufbau einer Organisation in Europa von ganz unten und internationale Umgebung. Alles was ‚Mann' so liebt. Und zum ersten Mal mein eigener Herr.

Meinen neuen Chef hatte mir ein Geschäftspartner besorgt: dieser hatte diesen Lieferanten, der mit einigen Technologie-Firmen in den USA zusammenarbeitete, gefragt, ob er einen Mann kennen würde, der diesen europäischen Job machen könnte. Mein Geschäftspartner hatte da eine ganz einfache Antwort:
„Ich kenne einen Mann, das könnte Dein Mann sein und er heißt auch Mann!"

Ich traf mich dann in Eindhoven im „Evoluon", die futuristische „fliegende Untertasse" mit einer permanenten Technik-Ausstellung von Philips. Mein neuer Chef und ich hatten eine gute Unterredung – auch wenn mein Englisch zu diesem Zeitpunkt noch holprig war. Er lud mich sogar nach Portland, Oregon ein zu einem letzten Interview. Meine erste USA-Reise sollte im Oktober sein! An „Halloween" hatte ich dann auch vor meinem Rückflug ein paar Stunden Zeit, San Francisco zu sehen. Eine wunderbare Erinnerung, zumal „mein" Taxifahrer mich zu allen berühmten Plätzen und Sehenswürdigkeiten kutschierte, nicht zu vergessen eine Fahrt über die Golden Gate.

Precision Interconnect und ich einigten uns und im Januar 1988 fing ich an. Eigentlich schon vorher, Büro suchen und schon mal Telefon und Fax bestellen sowie ein paar Büro-Möbel.

Ein besonderes Accessoire dieser neuen Aufgabe war nicht nur mein Mercedes E200, sondern auch die Visitenkarte: ja, die Visitenkarte! Hochkant aus einem grauen, starken Papier geprägt mit einem großen blauen „P" und einem aus drei schmalen, silbrigen Pins bestehenden „I" was für Precision Interconnect stand.

Nicht nur die Karte war edel, auch die Produkte waren es: wir waren Technologie-Führer in der Fertigung von kleinen und kleinsten Koax-Kabeln, gefertigt aus Drähten, die dünner als menschliche Haare waren. Solche Kabel kennt jeder: sie sind im

Prinzip wie die TV-Antennenkabel gemacht, nur viel kleiner und flexibler. Dadurch waren sie eben für medizinische Anwendungen wie Ultraschall-Diagnosen oder Luft- und Speiseröhren-Untersuchungen geeignet. Man stelle sich nur vor, dass der Hausarzt so etwas mit einem Zentimeter-dicken, steifen Kabel machen müsste! Unmöglich!

Nach meiner 3-wöchigen Schulung in Portland im Januar begann ich dann, durch Europa zu reisen und das Geschäft aufzubauen. Vier bis fünf Mal bin ich in den USA gewesen im Jahr und habe meine Kollegen besucht. Besprechungen, Schulungen, Diskussion spezifischer Kunden-Anfragen. Das Übliche, wenn man spezielle Produkte verkauft.

Es wurde spannend!

2.

Zu diesem Zeitpunkt hatte auch meine Frau einen neuen Job begonnen, bei Marlboro! Das Service und Verkaufsbüro war in Ratingen bei Düsseldorf lokalisiert. Es war gar nicht so weit zu meinem kleinen Büro, nur ein paar Kilometer. Ihre neuen Kollegen waren ein ganz dynamischer, junger „Haufen" von guten Marketingleuten und Verkäufern, Konsumenten-Markt eben.

Wir waren einige Male zusammen bei Veranstaltungen, bei denen das Rauchen promotet wurde. Eine für mich neue Welt tat sich auf: dieses bis aufs Kleinste, abgestimmte Bewerben von Kunden mit vielen Werbeartikeln und einem unbedingten Willen, Kunden zu überzeugen. Nicht ganz vergleichbar mit meiner technischen Verkaufswelt, bei der auch das Produkt technisch überzeugen musste.

Meinerseits ging es da etwas ruhiger zu: ich machte meine Besuchspläne in Deutschland und dem näheren Ausland und versuchte meine bestehenden und potentiellen Kunden von unseren Produkten durch Schulung und Problem-Lösungen zu überzeugen. Ich hatte eine halbe Million Verkaufsziel in den ersten zehn Monaten, mehr oder weniger aus dem Stand; schwierig, aber ich schaffte es.

Dass da irgendetwas nicht ganz in Ordnung war mit dem neuen Job meiner Frau, bemerkte ich so langsam. Spätestens als ich sie mit in die USA nehmen wollte und sie dann irgendwie alles in letzter Minute wegen vorgeschobenen, „beruflichen Verpflichtungen" abgesagt hatte, ging bei mir das berühmte Licht an. Offensichtlich war da jemand, der meinen Platz einnehmen wollte.

Na ja, irgendwann war es dann kein Geheimnis mehr: es war ein Kollege!

3.

Einfach war sie nicht, die Trennung! Wie auch. So etwas ist niemals einfach, immerhin waren wir ja schon fünf Jahre verheiratet und acht Jahre zusammen. Sie hatte mir sogar noch beim Schreiben der Diplom-Arbeit geholfen. Aber das war nun Vergangenheit und wir einigten uns, dass sie erst einmal aus unserer Eigentumswohnung auszog. Jetzt war es ein Vorteil, dass wir keine Kinder hatten.

Wir hatten uns drei Perser-Katzen zugelegt vor vier Jahren: Minouche, Maurice und Marcel. Minouche und Maurice waren Schwester und Bruder, Marcel Halb-Bruder zu ihnen. Was für eine kleine Bande! Auch irgendwie – und bitte nicht falsch verstehen – Kinderersatz. Die waren nun meine, alle drei. Wann immer ich von einer Reise nach Hause kam und die Tür öffnete, saßen sie da, alle drei nebeneinander und blinzelten durch die schläfrigen Augen. Jede bekam ihre Streicheleinheit und dann waren sie auch schon wieder verschwunden in ihren Ecken. Die Nachbars-Tochter hatte den Auftrag, jeden Tag ein wenig mit Ihnen zu spielen, wenn ich auf Reisen war. Sie besserte sich damit auch ihr Taschengeld etwas auf.

Das Leben ging weiter.

4.

So ganz allein für die neue Aufgabe war ich nicht mehr effektiv. Ich brauchte zumindest eine Hilfe im Büro, die einige der administrativen Aufgaben übernahm und sich auch um die Korrespondenz und das Telefon kümmerte, möglichst mit drei Sprachen. Die junge Dame war schnell gefunden und fing bei mir an.

Meine Büro-Tage wurden lebendiger, es gab Frühstück und Mittagessen – und auch mal einen Nachmittag am Wochenende, den wir gemeinsam verbrachten. Man kam sich näher und die Frage, ob das denn nun die „Neue" sein könnte, stellte sich mir auch. Die Antwort war nicht leicht und es dauerte schon eine Weile, bis mir Zweifel kamen. Schwierig war es allemal – eine Beziehung im Büro sollte man(n) eigentlich nicht anstreben.

Aber zum Alleinsein sind ja die Allerwenigsten geboren; wenn sie es nicht wird, wer dann? Wo ist sie, diese imaginäre neue Frau deines Lebens? Wo finde ich sie? Außerdem war ich ja auch noch nicht geschieden und das ist immer eine komische Situation. Und ein bischen Zeit soll man sich ja auch geben, bevor man eine neue Beziehung eingeht – sagt jeder!

Trotzdem, der Gedanke an „sie" ließ mich nicht los. Trotzdem ich selten Zuhause war und wenige Freunde hatte, sollte doch irgendwo dieser „Schatz" zu finden sein. Irgendwo auf dieser Welt! Muss man wirklich so weit gehen, fahren oder fliegen? Das Gute liegt doch sprichwörtlich oft so nah. Auf jeden Fall brauchten die Katzen ein neues „Frauchen"! Und irgendwo könnte ich ja auch vielleicht auf meinen Reisen jemandem begegnen – wieso nicht? Allerdings war die Freizeit sehr beschränkt – und beschäftigt war ich wirklich!

Mal sehen.

5.

Wieder flog ich in die USA. Es war im Mai 1989. Gerade hatte ich einen Englisch-Kurs für Kommunikation gemacht. Auf diesem Wege bahnte sich dann nach einigen Wochen eine ganz spezielle Geschäftsbeziehung an: Zwei Doktoren waren dabei, intelligente Katheder zu „basteln", für Herz-Operationen. Katheder mit einem kleinen Chip am Ende für zwei, drei Funktionen wie Blut-Druck und Temperatur. Nach der Operation sollte das Teil dann in den Mülleimer. Diese beiden Herren brauchten ganz dünne Drähte; na und die hatten wir!

Mein Chef war sofort interessiert: ein hochvolumiges Geschäft in der Medizinbranche und damit zumindest auf den ersten Blick äußerst lukrativ. Damit war ein guter Grund gegeben, zunächst einmal allein nach Portland zu fliegen und die Applikation und das mögliche Produkt zu besprechen.

Unsere Firma war relativ klein und hatte etwa vierzig Mitarbeiter. Ich war der erste, außeramerikanische Angestellte und wegen der Konzentration auf die europäischen Märkte schon irgendwie wichtig. Außer in Europa gab es aber auch noch eine südkalifornische Niederlassung. In dieser versuchte man mit nur wenigen Mitarbeitern die spezielle Kabel-Technologie unserer Firma für elektrische Verbindungen bei Super-Computern zu nutzen. Diese Computer-

Hersteller waren damals sehr interessiert an unseren Fähigkeiten.

Da ich auch manchmal über LAX nach Portland flog, lag ein Abstecher in die kleine Niederlassung auf der Hand.

6.

Wenn man so groß ist wie ich mit meinen ein Meter und fünfundneunzig oder den imperialen „six-foot-five", dann sind diese ewigen Flüge über den Atlantik schon eine Tortur! Kein Bein-Raum, Essen eher dürftig und dieses ewige Sitzen! Grausam! Aber immer bekam ich eben auch keinen preiswerten Flug in der Business Class.

Nun gut, ich hatte die zwölf Stunden mal wieder überstanden. Nicht nur, dass wir Verspätung hatten, sondern auch die Schlangen vor den Immigration-Schaltern waren unglaublich: drei Jumbos zur gleichen Zeit gelandet. Kein Wunder! Und dann fand ich leider heraus, dass mein Gepäck irgendwo liegen geblieben war in Chicago; es war in einen falschen Flug geladen worden! Außer Papieren und Geld hatte ich nicht sehr viel in meiner Brieftasche – abgesehen von den üblichen sechs Kilo Schokolade, die mir nach Betreten der Firma sofort abgenommen wurden.

Es gab keine Laptops zu dieser Zeit und keine solch kleinen Mobil-Telefone wie heute, ganz zu schweigen von Smart-Phones.
Wie haben wir eigentlich ohne diese „Dinger" gelebt?
Im Auto war man schon privilegiert mit einem C-Netz-Telefon. Die ganze Bundesrepublik hatte etwa hunderttausend Lizenzen zu vergeben – und ich hatte eine! Gleich mit dem Kauf meines Firmenwagens befand die Firma, dass das notwendig ist. Na ja, diese „Kiste" brauchte schon ein Fünftel des Kofferraumes und kostete auch noch fast neuntausend D-Mark! Aber stolz war ich schon darauf, eines zu besitzen!

Mein amerikanischer Kollege musste zweieinhalb Stunden in LAX auf mich warten! Er brachte mich ins Hotel und wir erledigten die Formalitäten und informierten die Rezeption, dass da irgendwann noch ein Koffer für mich kommt, hoffentlich!

Das war am Freitag den 12. Mai.

7.

Es war ein schönes Wochenende. Mir wurden alle Sehenswürdigkeiten in Los Angeles gezeigt. Wir waren an den berühmten Stränden, in Bars, Sightseeing in Bel Air und Hollywood, die Altstadt, am berühmten Observatorium über der Stadt dicht über dem „Hollywood" Zeichen. Eine ganz tolle Erinnerung für mich, die ich besonders pflege. Es sollte sich später wiederholen.

Mein Reiseplan sollte mich am Sonntag-Abend dann nach Portland bringen; das war so ein hundert-Minuten-Flug. Nichts Besonderes nach der langen Reise. Mein Kollege Bill hatte mich noch einmal in LA an einige Wahrzeichen geführt wie den „Walk of Fame" am „Chinese Theater". So etwas muss man gesehen haben.

Leider ging die Zeit zu schnell vorbei und mein Flugzeug würde bestimmt nicht auf mich warten. Heute war Muttertag und ich hatte mit Mutti gesprochen am Morgen. Mein Koffer war dann auch glücklicherweise noch am Sonntagmorgen im Hotel aufgetaucht. Ich war also wieder in frischen Sachen unterwegs!

Bill hatte noch eine Station auf dem Weg zum Airport zu machen: ein Geburtstag eines Freundes. Wir hielten uns ein wenig auf und vergaßen etwas die Zeit. Ich wurde nervös: meine Armbanduhr zeigte nun doch an, dass wir gehen müssten. An diesem Sonntag war sicherlich nicht so viel Verkehr, wir sollten es also einigermaßen schaffen!

Es zeigte sich, dass ich dann doch irgendwie genau das richtige „Timing" hatte!

8.

Wir verabschiedeten uns und ich betrat den Flughafen.
‚Erst mal orientieren: Check-in, okay, da drüben'. Der Schalter war fast leer, fast. Ich hatte noch etwa eine Stunde Zeit. So viele Kontrollen wie heute gab es nicht. Es war noch die „vor-terroristische Zeit", zumindest in den USA war damals noch nicht viel passiert in dieser Richtung, etwa so wie in Deutschland. Trotzdem, man möchte gerne sein Gepäck loswerden und dann gemütlich zum Gate schlendern. Vielleicht noch einen Kaffee trinken oder etwas einkaufen.

Höflich wartete ich nun auf diese eine Dame vor mir in den weißen Shorts. Sie hatte eine dünne Wolljacke an. Blonde, lockige schulterlange Haare und Sneakers. Na ja, nicht gerade groß, so ein Meter und fünfundsechzig schätzte ich. Schwer zu sagen, wie alt sie war, aber etwa so alt wie ich vielleicht. Sie hatte wohl nur einen kleinen Koffer aufgegeben, das Handgepäck bei den Damen ist ja doch meisten die Handtasche.

Ich wurde nach etwa fünf Minuten etwas ungeduldiger; die Unterredung, die sie mit der Dame am Schalter hatte, war freundlich und irgendwie locker. Trotzdem, gerne wäre ich jetzt doch so langsam an der Reihe! Also bewegte ich mich langsam vorwärts, die Damen beobachtend, nicht aufdringlich, aber zumindest machte ich mich bemerkbar.
Ich kam näher und die Szene gewann meine Aufmerksamkeit; vielleicht war ja dieser „small-talk" einfach darin begründet, dass zwei Mütter an diesem Muttertag leider nicht bei der Familie und den Kindern waren. Oder vielleicht war ja dieser weibliche Passagier einfach grundsätzlich so freundlich und nett. Egal.

Ich war jetzt bis auf zwei, drei Schritte herangekommen. Ich konnte die nette Dame jetzt „richtig" in Augenschein nehmen: keine Frage, sie war hübsch, Anfang-Mitte dreißig, sehr sportlich, von der Sonne verwöhnt. Ihr Wesen erschien mir eher extrovertiert zu sein. Sie griff nach ihrem Boarding Pass, Ticket und ihren Führerschein, der in den USA bekannter Weise auch als ID gilt. Sie lachte und drehte sich zu mir um! Da war er, dieser einnehmende Blick! Keine blauen Augen, grün-braune, aber dafür offen und herzlich. Noch ein Schritt und ich stand neben ihr.

„Jetzt sind Sie dran, bitteschön" sagte sie zu mir mit einer einladenden Handbewegung und steckte ihre Papiere und ihr Ticket in ihre Handtasche. Ich sagte „Danke" und sie drehte

sich um und ging. Ich checkte ein, Notausgang Fensterplatz, nahm mein Ticket und meinen Reisepass und verließ den Schalter.
Als ich mich umdrehte, sah ich sie: sie stand etwa fünfzig Meter von mir an einem dieser Telefone und sprach mit jemandem. Irgendwas zog mich an; ich ging zu einem Müll-Container, legte meinen Aktenkoffer darauf und legte meine Papiere hinein, langsam. Dabei beobachtete ich sie. Vielleicht verging noch eine Minute, dann legte sie den Hörer auf. Jetzt schloss ich meinen Aktenkoffer.

Ich sah wie sie sich umdrehte und zu dem großen Treppenaufgang ging. ‚Wenn ich jetzt loslaufe, werde ich ihr genau an der Treppe begegnen!'
War dieser Gedanke Instinkt oder Intuition oder einfach nur die Lust auf eine neue Begegnung? Das kann ich heute nicht mehr sagen, aber auf jeden Fall wollte ich sie treffen.

Es funktionierte: am unteren Ende der Treppe trafen wir uns. Ein Blick und ein „Hi" eröffnete die Unterhaltung. Wir begrüßten uns und sie lächelte, ganz natürlich und ohne Fassade.
„Mein Name ist Jürgen, und Ihrer?"
Die Initiative musste doch von mir kommen, oder?
„Linda, schön Sie zu treffen! Jörgen, sind Sie aus Schweden?"

Hm, nicht so abwegig diese Frage. Jörg und Jürgen klingen ja ähnlich. Und dann war da auch noch mein Akzent.

„Nein, ich komme aus Deutschland. Und Sie?"
„Aus Sparks bei Reno, Nevada."
„Und was machen Sie hier?"
Solche Fragen darf man bei den Amerikanern stellen, die sind immer sofort daran interessiert woher man kommt und wohin es geht. Und die Menschen aus der alten Welt haben dazu eine besondere Anziehung, weil viele Amerikaner irgendeine Beziehung zu Europe haben. Fast siebzehn Prozent aller Amerikaner haben eine deutsche Herkunft, sieben Prozent eine Irische; und dann sind da noch die Skandinavier. Also wirklich keine Überraschung.

„Ich war hier seit Freitag für ein Interview, neuer Job. Gestern war ich noch mit einem Freund in Disneyland."
„Ich war auch da, mit der Familie eines Kollegen, auch am Samstag!" Zufälle gibt es! Oder was ist das?
„Wir haben hier eine kleine Niederlassung. Wohin fliegen Sie jetzt? Nach Hause?"
„Ja, nach Reno. Und Sie?"
„Nach Portland, Oregon. Ich werde dort die ganze Woche bleiben und arbeiten. Dann geht es am Samstag wieder nach Deutschland."
Und da war er nun der Moment und die Frage!
„Wann geht Ihr Flug, Linda?"
„Ich bin früh dran, habe noch gut zwei Stunden Zeit. Ich fliege über San Francisco nach Reno. Es wird sehr spät bis ich heute nach Hause komme. Wann geht Ihrer?"

Gute Frage! Ich musste auf die Uhr sehen. Na ja, also es ist noch ein bischen Zeit bis zum Einsteigen. Wenn ich so zwanzig Minuten vorher am Gate bin, reicht das. Also so eine knappe halbe Stunde habe ich noch.
„Darf ich Sie zu einer Tasse Kaffee einladen, Linda?"
Ich hatte sie gestellt, diese manchmal so kritische Frage, die so viel bedeuten kann! Es machte mich jetzt doch nervös. Was ist, wenn sie tatsächlich einwilligt? Doch etwas Angst vor der eigenen Courage?
„Gerne, Jürgen, wie viel Zeit haben Sie?"
„So eine halbe Stunde. Da vorne rechts ist eine Kaffee-Bar, lassen Sie uns dahingehen."
„Okay."
Wir betraten ein spartanisch eingerichtetes, kleines Restaurant und suchten uns einen Platz mit zwei gegenüberliegenden Sitzbänken. Sie setzte sich und ich übernahm das Catering unserer Kaffees an der Selbstbedienungs-Theke.
„Milch und Zucker, Linda?"
„Nein, nur schwarz."

Ich manövrierte mich durch die Tische. Ich war aufgeregt. Ich war kein Teenager mehr, bestimmt nicht, aber ich war nervös wie einer! Warum? War doch nur eine Kaffee-Pause mit einer netten Dame? Ein bischen Unterhaltung und in einer halben Stunde sitze ich im Flugzeug nach Portland. Ab und zu gab es solche flüchtigen Begegnungen: im Hotel, im Flugzeug, beim

Kunden. Also nichts Besonderes. Oder war das hier anders?

Jetzt erst mal die Kaffees holen. Ein Tablett, zwei Kaffee, bezahlen. Ich suchte meine Balance zwischen den Tischen, bloß nicht den Kaffee verschütten, das würde sie merken. Nur ganz ruhig bleiben und normal benehmen. Ich fragte mich, warum ich mir das einreden musste. Sie war nett, gut aussehend, aber vor allem hatte sie diese Ausstrahlung! Natürlich und sympathisch eben. Trotzdem, es ging ja nicht darum, ihr einen Heiratsantrag zu machen – eigentlich nur um eine interessante Unterhaltung.

Das Tablett landete nicht gänzlich ohne Geräusch auf dem Tisch. Der Kaffee schwappte etwas hin und her in den Tassen, unvermeidbar schien es. Sie bemerkte es, da war ich mir sicher. Vielleicht war es ja amüsant für sie, ich hätte es gerne vermieden. Was mich wirklich nervös machte war die Tatsache, dass ich es nicht erklären konnte und mich Linda irgendwie zu faszinieren begann.

Wir tranken unsere Kaffees und tauschten ein paar Informationen unserer Biographien aus. Sie war schon fast zehn Jahre geschieden, zwei Kinder, Sohn und Tochter. Die lebten beim Vater in Nevada. Den Ort Elko hatte ich noch nie gehört. Sie lebte in Reno und hatte gerade wegen dem Zusammenschluss ihrer Bank mit einer anderen ihren Job verloren. So etwas passierte damals auch schon. Sie war Innenarchitektin, gestaltete die Ausstattung ihrer Banken in Nevada, Reno und Las Vegas.

Wir machten kein Geheimnis aus unserem Alter: ich war nur acht Tage älter als sie! Ich erzählte ihr, dass ich auch in Scheidung lebte und was ich beruflich machte. Sie hörte mir aufmerksam zu.

Sie hatte etwas Europäisches an sich! Vom ersten Moment an hatte ich diesen Eindruck. Sie war sicherlich eine Amerikanerin, aber eben anders. Ich glaube, es war dieser Unterschied, der mich sofort eroberte, fast unheimlich. Nach ein paar Minuten kannten wir uns schon ein wenig.

Wir tauschten unsere Visitenkarten aus, sie gab mir ihre private. Viel Zeit blieb nun nicht mehr, mein Flieger würde nicht warten. Ich musste zu meinem Abflugschalter. Wir standen auf.

„Ich komme mit ihnen zu ihrem Schalter, Jürgen." Ich begrüßte das, Schade, dass wir nicht mehr Zeit haben, dachte ich. Es gab da keine Zweifel mehr für mich: zumindest fand ich diese Dame sympathisch.
Wir gingen nebeneinander zum Schalter; ab und zu berührten wir uns, es war angenehm. Schließlich erreichten wir meinen Abflugschalter. Was jetzt? Wie würde das Good-bye werden? Wieder war ich nervös, sie vielleicht auch? Ein paar kurze Sätze noch, ein paar Nettigkeiten, und dann?

Ich entschloss mich dazu, einen bleibenden Eindruck zu hinterlassen! Ich zog sie an mich und küsste Sie auf den Mund! Nur kurz, nur für diesen kurzen Moment, nur als Erinnerung an ein schönes Erlebnis.
Sie schaute mich verwirrt an. Eine solche „Geste" ist sicherlich nicht amerikanisch. Es gibt viel mehr Umarmungen und Küsse auf die Wangen als Ausdruck der Sympathie in Europa; ob Familie oder Geschäftsfreunde, Umarmungen sind ja oft auch ein Ausdruck der Freude jemanden zu sehen oder wiederzusehen. Je nach Land und Kultur gibt es abwechselnd bis zu 4 Küsschen auf die Wange! Selbst manchmal zwischen Männern! Aber nicht unbedingt auf den Mund!

Ich sah ihren verwunderten Gesichtsausdruck. Ich weiß nicht, was Linda dachte; mich jedenfalls entzückte ihr Erstaunen – und bevor sie sich „erholt" hatte, küsste ich sie noch einmal – auf den Mund. Waren es Gefühle oder nur eine spontane Reaktion auf diese nette Frau? Vielleicht beides. Auf jeden Fall sagte ich kurz „Auf Wiedersehen" und drehte mich noch einmal nach ein paar Schritten um: sie stand da wie eine Salzsäule, wie versteinert. Die zwei vom Bodenpersonal grinsten mich an. Die hatten das offensichtlich beobachtet. Langsam schloss sich Linda's Mund.

Ich ging durch den Gang zum Flugzeug und fühlte mich beschwingt. Was für ein Zufall. Es gab sie noch, diese wunderbaren Frauen, die dich inspirieren, die dich gefangen halten, die dich nicht mehr loslassen. Hatte ich hier wirklich um die halbe Welt fliegen müssen, um ihr zu begegnen? Der „Neuen"? Na gut, aber so weit sind wir noch nicht, Jürgen, hörte ich mich sagen. Es war einfach schön, mal wieder eine nette Person zu treffen, mehr war da noch nicht. Oder?

Ich schaute den ganzen Flug lang aus dem Fenster und musste an diese Linda denken. Eines war für mich klar: ich werde sie von Portland aus anrufen; vielleicht ist sie überrascht, vielleicht auch nicht. Auf jeden Fall werde ich herausfinden, ob da noch mehr ist.
Nach zehn Uhr an diesem Abend war ich endlich in meinem Hotelzimmer. Sie sollte jetzt eigentlich Zuhause sein. Ich wählte ihre Nummer: keine Antwort, nur der Anrufbeantworter. Schade. Nach meinem fünften Anruf um Mitternacht gab ich auf.

Sie hätte schon längst daheim sein müssen!

9.

Montag früh um acht Uhr war ich im Büro. Es war ein langer und ausgiebiger Arbeitstag. Die üblichen Gespräche und Diskussionen. Besprechung in der Fertigung, Projekte und natürlich meine Applikation mit den Kathedern. Alle waren der Meinung, dass das die richtigen Geschäfte für uns sind: gutes Potential und zukunftsorientiert, wobei unser Fähigkeiten gefragt waren und zum Einsatz kommen würden.

Am Abend kam ich ins Hotel zurück. Als ich die Tür öffnete, blinkte die rote Lampe am Telefon, es gab Nachrichten! Mein erster Gedanke war: das ist Linda! Irgendwie gab es da für mich nicht den geringsten Zweifel. Jetzt war ich richtig nervös. Sie würde es in meiner Stimme hören. Aber war das wirklich so schlimm? Ich rief sie an.

„Hi Linda, wie geht es Dir? Ich habe versucht, Dich gestern zu erreichen. Es war schon spät und Du warst nicht Zuhause!"
„Ja, Jürgen, aber ich hatte ein Problem. Zuerst war das Flugzeug defekt, mit dem ich nach San Francisco fliegen sollte, dann war ich natürlich zu spät und habe meinen Anschlussflug verpasst. Sie haben uns ein Hotel besorgt in San Francisco und dann bin ich erst heute nach Hause gekommen. Danke für Deinen Anruf, es war eine schöne Überraschung für mich, als ich nach Hause kam!"

Überraschung? Ich küsse Dich zweimal und Du denkst es ist eine Überraschung, dass ich mein Versprechen halte und Dich anrufe? Hm, vielleicht hat sie schlechte Erfahrungen gemacht oder es wird eben viel versprochen und nicht gehalten. Na ja, da bin ich schon anders: entweder oder.

Und nebenbei gesagt war ich schon interessiert an dieser netten Dame! Das merkte ich mehr und mehr. Was da in mir vorging, wusste ich noch nicht so genau. Allerdings kamen da doch gewisse Emotionen hoch in mir und es war mir nicht mehr egal, ob ich sie wiedersehe oder nicht.

Wir unterhielten uns eine ganze Weile und verabredeten uns wieder für den nächsten Abend. Auch am Mittwoch und am Donnerstag. Es waren längere Telefonate. Auch die Inhalte und Themen wurden persönlicher und wir lernten von einander. Ich mochte sie wirklich, Ihr Typ, ihr Wesen, sie schien zu mir zu passen. Aber viel wusste ich ja noch nicht: nach einer halben Stunde und einem Kaffee war das schon schwirig einzuschätzen. Ob sie Ähnliches fühlte?

Natürlich war da auch dieses gewisse Etwas, hervorgerufen durch die Tatsache, dass sie eben Amerikanerin war, ein Wesen aus einer anderen Welt. Vielleicht war das für sie genauso. Mit der amerikanischen Mentalität hatte ich eigentlich nie Probleme, eher vielleicht mit deren „way of life" und diesem fundamentalen Unwissen über andere Länder und Sitten, Geographie oder Europa im Speziellen.

Wir waren an einem Punkt, wo sich zumindest mir die Frage stellte, wie ich weiter fortfahren wollte. Ich hatte mich gefühlsmäßig schon etwas verrannt schien es. Männer haben ja wesentlich weniger Intuition als die Damen, aber ich hatte ein gutes Gefühl – und reizvoll war es sicherlich auch. Ich wollte sie wiedersehen!

Linda war ja gerade arbeitslos und hatte nicht viel Geld. Meine Idee, mich mit ihr sozusagen auf meiner Heimreise nochmals zu treffen, nahm Formen an. Ich wollte sie sehen, es würde womöglich ein solches Schlüsselerlebnis sein. Es würde mir hoffentlich sagen, ob es Sinn machte mit ihr.
„Ich fliege am Samstag wieder nach Hause, Linda. Ich habe etwa vier Stunden Zeit in San Francisco, wenn ich den ersten Flug von Portland nehme. Wir könnten uns treffen." Pause.
Wie würde sie reagieren? Wenn sie zögern würde, hätte ich schon meine, vielleicht nicht endgültige, aber zumindest hinweisende Antwort.
„Ich könnte von Reno fliegen, aber du müsstest es bezahlen."
„Wie viel kostet das Ticket?"
„Ich schätze etwa zweihundert Dollar, ich kann es dir morgen sagen."
„Bitte buche den Flug, ich gebe dir das Geld dann, wenn wir uns sehen. Okay?"

„Wenn ich das mache, musst Du es mir wirklich geben, Jürgen, sonst habe ich ein großes Problem!"
„Du kannst Dich darauf verlassen, ich gebe Dir das Geld wieder. Ich würde mich sehr freuen, wenn wir uns sehen könnten, obwohl es nur kurz sein wird."

Sie musste mir vertrauen! Das ist nicht so ganz einfach für eine Amerikanerin, Vertrauen zu investieren, vor allem in so einer Situation, war das für sie schwierig. Das erlebe ich immer wieder. Leider haben Amerikaner das nicht gelernt und ihre tägliche Umgebung ist auch nicht dafür geschaffen, sie darin sicherer zu machen. Ich habe das später oft erlebt. Und Linda hatte bestimmt Erfahrungen dahingehend – und mit Sicherheit auch solche mit Männern.

Sie willigte ein! Der Schritt war getan, ich werde sie wiedersehen! Plötzlich war ich total aufgeregt: also war da etwas in mir, das mich beflügelte. Hoffentlich waren da ähnliche, erste Gefühle bei ihr! Liebe auf den ersten Blick konnte es eigentlich nicht sein, oder? Nein, von Liebe konnte man sicherlich zu diesem Zeitpunkt nicht reden. Und doch war da eben etwas, was mich und auch sie in diesen ersten Tagen zusammenbrachte. Der berühmte Zufall war es auch nicht.

Ich hatte schon darüber nachgedacht: irgendwie sollten wir uns treffen. Wir waren etwas spät dran als wir zum Flughafen fuhren. Wäre ich fünf

Minuten später angekommen, wäre ich ihr wahrscheinlich nicht begegnet; das Gleiche auch bei fünf Minuten früher. Ein wirklich kleines Zeitfenster. Sollten wir uns treffen? Ein Wink vom Schicksal? Der Gedanke war unheimlich und hatte doch auch etwas Beruhigendes. Ich fliege um die halbe Welt und treffe die Frau fürs Leben! Klingt ja kitschig, wie ein richtiges Klischee. Aber es war ja kein Film, es war Wirklichkeit!

Einer meiner Kollegen musste Samstag früh auch nach San Francisco und wollte mit mir fliegen mit der späteren Maschine; ich erfand eine Ausrede, damit ich schon ungefähr um zehn Uhr morgens in San Francisco war und Linda und ich mehr Zeit hatten. Sie hatte mir noch am Freitagabend bestätigt, dass sie das Ticket hatte und dann am Ausgang des Abflugschalters auf mich warten würde, da ihr Flugzeug etwas früher als meines landete. Natürlich wusste ich nicht wie ihr zumute war; aber letztendlich hatte sie eingewilligt und ich redete mir ein, dass sie sich auch auf das Treffen freute.

Ich packte meinen Koffer und versuchte zu schlafen.

10.

Ich stand früh auf. Der Flughafen war ein gutes Stück entfernt von Beaverton. Das Hotel war ein Quality INN und nicht das Beste, aber nur fünf Minuten von der Firma entfernt. Ich fuhr dann immer auf die I 5 südlich und dann die I 205 an Clackamas vorbei zum Flughafen. Eine dreiviertel Stunde.

Ich dachte nur noch an Linda und unsere neuerliche Begegnung. Wie würde sie aussehen? Wie würde sie reagieren? Ist sie so wie ich sie nun am Telefon kennengelernt hatte oder war sie in Wirklichkeit anders? War sie wirklich nett und so zuvorkommend? Gut aussehend war sie – und das konnte sich in den paar Tagen nicht verändert haben!

Nachdem wir abgehoben hatten, gab es nur noch einen Gedanken: Linda! Eine gute Stunde noch und ich würde sie sehen!

11.

Wir verließen das Flugzeug und die Spannung in mir war fast unerträglich geworden. Noch auf den Gang hinaus und da würde sie stehen.

Sie war nicht da! Ich glaube nicht, dass ich weiß wurde im Gesicht vor Entsetzen, aber mir war so zumute. Wo war sie? Hatte sie es sich anders überlegt? Waren es doch nur eine flüchtige Unterhaltung und ein paar Telefonate? Konnte ich mich so täuschen? Ich war am Boden zerstört.

Ich wusste natürlich mit welchem Flug sie von Reno kommen würde; das waren mal gerade 40 Flugminuten von hier. Da kann es doch keine großen Verspätungen geben! Ich suchte die Information.

„Könnten Sie mir bitte sagen, ob der Flug aus Reno um 9.40 Gelandet ist?"
Es dauerte ein paar Augenblicke bis die Dame es herausgefunden hatte.
„Nein, die Maschine hatte ein Problem und musste gewechselt werden. Voraussichtliche Ankunft ist in etwa 90 Minuten. Die sind noch nicht abgeflogen!"

Ich konnte es kaum fassen. So ein Pech! Ich sah auf meine Armbanduhr: das würde uns mal gerade eine gute Stunde Zeit geben, um uns näher zu kommen. Es war einfach furchtbar aber eben nicht zu ändern. Erst der defekte Flieger letztes Wochenende, jetzt schon wieder einer defekt! Linda hatte aber auch wirklich Pech – wir hatten Pech.

So, also gehe ich einen Kaffee trinken und warte. Hoffentlich kommt sie noch!

12.

Die letzte Information war, dass die Maschine etwa um 11.50 Uhr angekommen sollte; natürlich jetzt auch an einem anderen Ausgang. Der allerdings würde erst kurz vor der Landung bekannt gegeben.

Ich hatte Zeit, meine Gedanken an unsere erste und diese zweite Begegnung zu ordnen. Meine Gefühlswelt zeigte deutlich, dass da mehr als nur großes Interesse an Linda war. Es war wohl doch mehr. Liebe? Nein, das konnte eigentlich nicht sein – jedenfalls noch nicht. Dafür war es wirklich zu früh. Aber da war dieses starke Gefühl, das mich zu ihr hinzog, das in mir diese Ungeduld erzeugte, sie wiederzusehen. Mein Inneres sagte mir, dass es sich lohnen wird, sie näher kennenzulernen. Das klingt etwas pragmatisch, aber zu diesem Zeitpunkt überlegte ich natürlich auch über die Antwort der zwangsläufig aufkommende Frage: Was, wenn wir beide mehr wollten? Zusammenleben? Wie geht das mit einem Ozean dazwischen? Darauf hatte ich mit

Sicherheit noch keine Antwort. Wie auch. Und die Frage stellte sich ja auch noch nicht.
Es war 11.40 Uhr, Zeit sich mal wieder nach der Landung der Maschine zu erkundigen. Sie war früher gelandet! Gut, ich ging langsam zum anderen Ende des Terminals. Mit Sicherheit brauchte sie ja ein paar Minuten zum Verlassen des Flugzeuges. Ich schaute die Halle hinunter. Irgendwo da hinten würde sie auftauchen. Wie würde sie aussehen? Wieder Shorts oder etwas weiblicher? Die Spannung in mir war nicht mehr zu ertragen. Noch ein paar Minuten, vielleicht weniger.

Und da kam sie, oder? Nein. Doch, sie war es! Sie war es! Sie hatte mich schon gesehen und winkte. Sie hatte ein schwarz-goldenes Kleid an, das fünf Zentimeter über den Knien endete. Und Schuhe mit hohem Absatz. Die Frisur war großartig: viele blonde Locken, Schulter-lang, und ein Lächeln, das mich nun gänzlich überwältigte. Große, runde Augen schauten mich an. Was für eine Erscheinung, was für eine Lady.

Ich hatte mir eigentlich immer eine solche Frau gewünscht. Sportlich, schlank und intelligent, gut aussehend; sexy. Ich weiß, welcher Mann möchte das nicht. Aber da war noch etwas, was ungewöhnlich war für eine Amerikanerin: sie wirkte wieder irgendwie europäisch! Woher kam nur dieser Eindruck? Sie hatte niemals das Land verlassen; sie hatte mir zwar von einem Kurzurlaub auf den Bahamas erzählt. Das würde man allerdings aus amerikanischer Sicht nicht als Ausland bezeichnen.

Ich umarmte sie mit meinen langen Armen ganz fest – und bekam einen Kuss. Sie fühlte sich so gut an, ich war glücklich. Ja, glücklich! Also vielleicht doch tiefere Gefühle. Wolke sieben! Ich vergaß alles um mich herum und konnte es nicht erwarten, mich irgendwo in Ruhe mit ihr zu unterhalten.
„Wir sollten einen dieser Shuttle-Busse nehmen und in ein Hotel am Flughafen fahren. Da können wir dann in Ruhe reden. Was denkst Du?"

Natürlich war ich einverstanden und wir hatten ja nur eine gute Stunde bis ich wieder zu meinem Abflugschalter musste.
„Prima, Linda, und welcher Bus?"
„Spielt keine Rolle, den ersten, den wir bekommen."
Wir nahmen den zum Hyatt. Wir gingen in die Bar und setzten uns in eine Nische. Gott, waren wir beide aufgeregt.
„Erst einmal gebe ich dir das Geld wieder, Linda. Was kostet denn das Ticket?"
„Einhundertfünfundachtzig Dollar. Danke, dass du es mir wieder gibst. Ich brauche das Geld wirklich!"

Wir diskutierten etwas ihre schlechte Situation durch den Verlust des Jobs. Die Unterstützung vom Arbeitsamt war nicht so üppig wie in Deutschland. Selbst für ein enthaltsames Leben in einem kleinen

Apartment reichte es kaum. Sie fuhr einen Audi 100, den hatte sie von dem Geld gekauft, dass sie von ihrem Ex bekommen hatte. Das war allerdings alles. Ihre Kinder musste sie zurücklassen mit ihm, damit sie das sprichwörtliche neue Leben anfangen konnte.

Ich hielt ihre Hand; sie war warm und ihre Haut war weich. Ich schaute sie durchdringend an, ganz so als wollte ich durch sie durchsehen, sie erkunden. Ich umarmte sie, so als ob sie schon zu mir gehörte. Meine Gefühle wurden immer stärker. Ich spürte, dass sie auch etwas für mich fühlte.

Ich wollte unbedingt ein paar Fotos haben von ihr; wir verließen die Bar und gingen auf den Hotel-Parkplatz. Dort machte ich einige Aufnahmen von ihr und sie von mir. Und eine von uns beiden; ich hatte den Selbstauslöser aktiviert und hoffte, dass wir beide, umarmt, auf dem Foto waren. Ich würde ihr dieses mit der Post senden.

Die Zeit war viel zu kurz! Ich hasste es, dass ich sie bald verlassen musste, aber mein Flug war gebucht. Die einzige Hoffnung, die ich hatte, war, dass ich wahrscheinlich bald wieder nach Portland musste wegen dieser Katheder-Applikation. Und ein kleiner Umweg über Reno wäre dann möglich gewesen. Ich erzählte es ihr, weil ich fühlte, dass sie es begrüßen würde.

Wir fuhren mit dem Shuttle zurück zum Terminal. Ich legte meinen rechten Arm um sie, während

wir zum Abflugschalter gingen. Trotz aller Glücksgefühle in mir wurde ich nun nachdenklich. Es würde für uns eine Probe sein, ein Probe auf unsere Gefühle und hoffentlich würden wir die Erkenntnis gewinnen, dass es den Versuch doch wert war und dass wir es irgendwie schaffen sollten, unsere Zukunft gemeinsam zu verbringen.
Der Abschied war furchtbar. Einige enge Umarmungen und Küsse, das musste reichen bis zum Wiedersehen. Aber da war auch die Hoffnung und Freude auf ein solches.

Ganz bestimmt!

13.

In den nächsten Wochen war ich wieder viel auf Reisen in Europa; in Italien, in Frankreich, in den Niederlanden, in Dänemark. Wann immer möglich telefonierte ich mit ihr. Aus dem Büro oder von Zuhause. Von unterwegs schickte ich ihr Ansichtskarten. Ich wusste, dass ihr das gefallen würde. Sie hatte Innenarchitektur studiert und viel von Europa, den alten Kulturen und den vielen sehenswerten Bauwerken gesehen – in ihren Büchern. Dass es nun eine Beziehung gab zu jemandem, der dieses fast tagtäglich erlebte, war sicherlich interessant.

Aber das wäre zu vordergründig gewesen; ich hatte die Hoffnung, dass ihr Interesse an mir wuchs. Ich für meinen Teil wollte ihr auf jeden Fall zeigen, dass ich es ernst meinte. Die Telefonate kosteten ein Vermögen, aber das war nicht wichtig. Wichtig für mich war nur eines, den Kontakt zu halten, mit ihr zu reden, ihr zu zeigen, dass es ernst war für mich. Wie es weitergehen könnte, wusste ich auch noch nicht. Zumindest hatte ich eine sichere Anstellung, auf der man aufbauen konnte.

Unsere Zukunft war offensichtlich schon von „höherer Stelle" geplant. Es konnte irgendwie nicht dieser sprichwörtliche Zufall sein. Man kann ja darüber streiten, aber wir hatten einen „Beweis" dafür, dass es keiner war.

Linda hatte vor ein paar Wochen durch ihre Nachbarin eine Kartenlegerin kennengelernt. Das Übliche, man begegnet solchen Menschen mit den größten Vorurteilen. Aber neugierig ist man eben doch – und geht hin.

Ihr Name war Joyce. Sie lebte unweit von Linda's Apartment in Reno. Es war eine unglaubliche Erfahrung für Linda. Allerdings stellte sich das erst Wochen später heraus.
Sie sprach sehr schnell, es schien Linda so, als ob sie tatsächlich irgendwie mit „irgendwas" verbunden war.

„Sie werden bald jemanden kennenlernen. Machen Sie sich keine Sorgen. Sie werden in etwa vier Wochen einen Mann kennenlernen, den

Namen kann ich nicht aussprechen. Ich sehe ein großes blaues P. Er ist groß und blond und hat blaue Augen. Sie werden in etwa drei bis vier Monaten eine große Reise machen über den Ozean. Für sie beginnt ein ganz neues Leben."

Und so weiter. An alles konnte sich Linda nicht erinnern. Und natürlich verließ sie diese Dame mit großen Zweifeln. Wer wird schon an so etwas glauben? Alles Quatsch! Oder doch nicht?

Tatsache ist jedenfalls, dass sie mich ziemlich genau vier Wochen später kennengelernt hat. Mein Name ist für Amerikaner schwierig auszusprechen – über die Jahre könnte ich da von einigen, lustigen Versionen berichten, ob geschrieben oder gesprochen. Zumindest habe ich auch blaue Augen, groß bin ich und blond bin ich auch.

Ihre Eltern wohnten zu dieser Zeit auch in Sparks. Linda besuchte sie regelmäßig. Auch ihre Mutter war in Bezug auf Kartenlegerin eher eine Ungläubige:
„Die erzählen immer so viel, das kann man doch nicht glauben!" Allerdings wurden beide überrascht.

Linda erzählte ihrer Mutter über ihre so ungewöhnliche Begegnung am Flughafen in LA. Von mir, unserer Unterredung, den Abschied, der unaussprechliche Name. Sie zeigte ihrer Mutter

meine Visitenkarte. Die schrie auf in einer totalen Überraschung.
„Was ist los, Mom?"
„Das große blaue P!"

Nun war auch Linda konsterniert. Das große blaue P - da war es, das von dem Joyce ihr erzählt hatte. Jetzt wurde es doch etwas unheimlich. Linda ging gedanklich nochmals durch die Kommentare der Kartenlegerin, aber nicht alles hatte sie sich gemerkt. Einige Dinge waren also nun eingetreten, könnte aber auch Zufall sein. Nur das blaue P, woher hatte Joyce das gewusst? Die Sache mit der Reise war nun doch sehr präsent: über den großen Ozean. Nun ja, Deutschland war nun mal in Europa und das lag offensichtlich auf der anderen Seite des Atlantiks.

Der Gedanke, dass es stimmen könnte, machte sie jetzt sehr unruhig. Was ist, wenn es so kommt? Sie ging zurück in ihr Appartement und dachte weiter nach. Was hatte Joyce noch gesagt? In etwa 4 Monaten sollte sie reisen, daran konnte sie sich erinnern. Eine große Reise sollte es sein, übers Wasser. Unglaublich!

Es war eine kurze Nacht, aber das war jetzt nicht das Wichtigste.

14.

Es war wieder einer dieser langen Flüge von San Francisco zurück nach Düsseldorf. Manchmal hatte ich ja Business Class, diesmal nicht. Also quetschte ich mich wie immer breitbeinig zwischen die Sitzreihen. Ab und zu aufstehen war Pflicht, damit ich mich für ein paar Minuten entfalten konnte.

Natürlich dachte ich viel an Linda, eigentlich dauernd. War sie es? War es diese Schicksalsbegegnung, von denen man schon mal gehört hat? Oder war es nur eine, wenn auch aufregende Begegnung am anderen Ende der Welt? Wenn ja, wie würde es weitergehen? Wenn nein, naja, dann ist eben nach ein paar mehr Postkarten und Telefonaten Schluss. Es war aber eben doch schon etwas mehr Gefühl im Spiel.

Eins war klar: ich hatte Bilder und die würde ich sofort entwickeln lassen und dann wäre Mutti meine erste Anlaufstation, um ihr Linda „vorzustellen".

Am Donnerstag ist Feiertag, Christi Himmelfahrt, und die Familie trifft sich.

15.

Meine Sekretärin hatte viel zu erzählen. Das Geschäft lief weiter gut und nach meiner Reise war doch einiges liegengeblieben. Wir waren nur zu zweit im Büro und ich war immer viel unterwegs. Wir waren, nachdem wir uns näher kennengelernt hatten ein paar Mal ausgegangen, aber nichts Ernstes.

Irgendwie hatte ich das Bedürfnis, Ihr von Linda zu erzählen, vielleicht auch für meinen eigenen Schutz und vielleicht auch weil ich schon eine Entscheidung getroffen hatte? Irgendwie war es schon verrückt. Und noch wusste ich so wenig von Linda.
Telefonieren nach USA strapazierte mein Budget. Meine fast täglichen Telefonate von Zuhause summierten sich leicht auf eintausend Mark im Monat! Aber ich wollte eben den Kontakt zu ihr halten, ich wollte nicht, dass bei ihr der Eindruck entstand: „Aus den Augen, aus dem Sinn."
Es war immer sehr aufregend, mit ihr zu sprechen – und wir hatten uns noch so viel zu erzählen!

Gottseidank war es eine kurze Woche. Donnerstag war ja Feiertag, Familientag in diesem Fall. Wir trafen uns bei meinem Bruder in Krefeld, um den Nachmittag bei Kaffee und Kuchen zu verbringen. Wichtig für mich war, dass ich die Bilder entwickeln lassen musste bis Donnerstag. Ich holte sie am Mittwoch beim Fotografen ab.

Ich fuhr also nach Krefeld. Ich war aufgeregt. Irgendwann an diesem Nachmittag würde ich Mutti bei Seite nehmen und ihr von Linda erzählen – und ihr die Bilder zeigen.

Mutti war begeistert, Linda hatte ihr sofort gefallen, sowohl ihre Erscheinung als auch meine Beschreibung.

16.

Wieder ging ich auf Reisen. Diesmal war wieder Italien geplant: Genua, Bologna und Florenz. Teilweise besuchte ich Kunden mit Kollegen meiner früheren Firma 3M, die einige Niederlassungen in Europa hatte. Die Kollegen öffneten Türen für mich, mal mit mehr, mal mit weniger Erfolg. Florenz war sicherlich ein Höhepunkt, einfach sehenswert diese Stadt – und noch dazu im Sommer: italienische Frauen sind nun mal zu schön, um sie nicht - ab und zu - zu „betrachten".

Ich dachte viel an Linda. Besonders in den historischen Teilen von Europa, denn das hatte sie wohl studiert und ihre Bücher waren voll von Bildern der historischen Bauten und architektonischen Meisterwerken. Ich glaube nicht, dass sie jemals an die Möglichkeit gedacht hatte, einige dieser Bauwerke in Wirklichkeit zu sehen. Mit einigen Postkarten versuchte ich, sie teilnehmen zu lassen an meinen Reisen. Komisch, aber ein bischen schien sich unsere Beziehung zu intensivieren, auch wenn das vielleicht ein wenig übertrieben ist. Zumindest mental kam es mir so vor.

Meine nächste USA-Reise nach Portland Oregon musste geplant werden. Flüge waren früh genug zu buchen; meine amerikanischen Kollegen brauchten eine Agenda für meinen Besuch, ein paar Tage dort mussten geplant sein. Einige Projekte mussten diskutiert werden, wie immer. Heutzutage ist es wesentlich einfacher, Informationen und Zeichnungen per E-Mail zu senden, mit Video-Konferenzen effiziente Unterredungen zu haben oder auch einfach nur länger, preiswerter zu telefonieren.

Wenn ich am Samstagmorgen nach dem Einkaufen noch einen Abstecher ins Büro machte, waren da immer einige Meter Fax zu lesen mit Skizzen und Kommentaren oder Rückfragen. Das Fax rollte ich im Flur aus und schnitt es dann in entsprechende Seiten auseinander. Natürlich war ich auch neugierig, was man mir denn noch am Freitagabend gesendet hatte. Bei neun Stunden Zeitunterschied war Kommunikation allein dadurch schon schwierig.

Wenn ich diesmal fliege, würde ich einen Abstecher nach Reno machen, das war klar. Einen Urlaub mit Linda, das wäre wunderbar! Endlich Zeit, sich näher zu kommen und sich richtig kennenzulernen. Sollte sich unsere Beziehung tatsächlich weiter entwickeln, müsste wir beide irgendwann eine Entscheidung treffen: „zu mir oder zu dir." Aber soweit waren wir beide noch nicht. Noch war alles zu fremd, vor allem für sie kam ich aus einer anderen Welt, eine, von der sie bestenfalls nur gehört hatte.

Ende Juni hatte sie Geburtstag. Ich schickte ihr ein kleines Paket: eine schöne Bluse, Parfum und ein paar Süßigkeiten. Sie erzählte mir dann immer, dass ihr Postbote Bemerkungen machte über die Postkarten und auch über das Päckchen. Dinge aus der „alten" Welt waren und sind immer etwas Besonderes.

Ich hoffte natürlich, dass sie das auch über den Sender dachte.

17.

Diesmal hatte ich kein Glück: wieder diese 767, damals die Maschine mit der kleinsten Beinfreiheit. Aber sie wollten mir kein Upgrade geben. Ab und zu ging es, fragen kostet ja nichts. Düsseldorf – Chicago waren mindestens acht Stunden, ein wenig umherlaufen war wie schon erwähnt Pflicht, sozusagen zum „Entknoten".

Aber diesmal war es anders; irgendwie hatte ich eine Mission zu erfüllen. Erst eine Woche Portland und dann nach Reno. Ich konnte es kaum erwarten, Linda zu sehen. Die Frage war ja auch, wie das „Zwischenmenschliche" funktionieren würde. Oder ganz einfach gefragt: Passen wir wirklich zusammen? Wollte Linda es wagen, wollte ich es wagen? Die Begeisterung füreinander fühlten wir, aber war das genug? Wie in anderen Beziehungen fragten wir uns, ob es wohl reichen würde für eine längere Zeit.

Für ein reines Abenteuer waren wir vielleicht schon zu alt, obwohl wir sicherlich Gefühle füreinander nach so kurzer Zeit hatten. Trotzdem, zwei Welten trafen aufeinander und die galt es eben auch zu überbrücken. Ich wusste, dass wir schon in diesem frühen Stadium fühlten, dass diese wichtige Frage auf uns zukam: sollen wir es wagen, sollen wir es versuchen, für immer?

Na ja, erst einmal Portland und dann auf nach Reno.

18.

Die Woche verging wie im Flug! Viel zu tun, die Zeit mit den Kollegen nutzen – und jeden Tag drei Mahlzeiten. Ich nehme immer zu in den USA. Ich bin es durch die vielen Reisen nicht gewöhnt, regelmäßig zu essen und dann auch noch dreimal!

Der Freitag nahte. Linda war auch begeistert und freute sich, dass wir ein paar Tage zusammen verbringen würden; fast zwei Wochen, um genau zu sein.

Der Flug war aufregend. Es gab einen Direktflug! Portland-Reno, etwa eineinhalb Stunden. Gangplatz und mit den Knien immer ein wenig in der „Einflugschneise" der Stewardessen mit ihren Getränkewagen. Nichts Neues! Nur dass ich diesmal Pech hatte.

Ich wollte ihr sozusagen beim Weiterreichen der Kaffeebecher helfen – was darin endete, dass sie mir einen ganzen Becher Kaffee über die Hose schüttete! Ganz schön heiß war der und in diesem Fall auch mit Milch. Das gibt ja bekanntlich schöne Flecken. Glücklicherweise hatte ich beigefarbene Hosen an und bis zur Landung war alles getrocknet und die Kaffeeränder kaum zu sehen. Ich konnte Linda also beruhigt und ohne einen äußeren „Mangel" gegenübertreten.

Linda konnte ich nicht gleich sehen als ich aus der Gangway kam; sie stand ganz hinten an der Wand. Gott war ich begeistert. Sie hat mir später erzählt, dass sie das Gefühl hatte, dass sich ihr Leben ab diesem Augenblick sehr verändern würde. Mir ging es ähnlich.
Unsere intensive und lange Umarmung war unheimlich. Ich war so glücklich!

Das war mehr als nur ein Abenteuer!

19.

Wir fuhren mit ihrem Audi zu ihr. Sie wohnte in einem Apartment-Komplex am Rande von Reno. Wie üblich mit einem zentralen Swimmingpool und zentralem Wäscherei-Gebäude, ganz nett! Eine angenehme Atmosphäre und nicht gerade hektisch und mit wenig Autoverkehr.

Die zweistöckigen Apartment-Häuser waren wie üblich gebaut: auf einem Betonfundament baute man ein Gerüst aus Balken und Holzdecken mit Wänden aus doppelwandigen Stacko-Platten, eine Art Sandwich mit einem harten Gips dazwischen. Auf die senkrechten Balken wurden dann solche Platten von beiden Seiten aufgeschraubt. Die ganze elektrische Verkabelung war in den so gebildeten Hohlräumen. Einfach und schnell, nur keine richtige Dämmung und hellhörig, jedenfalls damals.

Sie wohnte oben. Wir gingen dazu eine Außentreppe aus Holz hinauf. Wie üblich stand man nach dem Eintreten sofort im Wohnzimmer. Offene Küche, ein Schlafzimmer und ein Bad. Klein aber fein. So um die fünfzig Quadratmeter. Was mir sofort auffiel war die Tatsache, dass das Apartment sehr schön dekoriert und ausgestattet war – und sauber! Wenn ein Mann ein schönes Zuhause gewöhnt ist, dann achtet er auf so etwas.

Es gefiel mir, ich gehöre zu diesen Männern. Auch während ich allein Zuhause lebte, war es immer ein wunderbares Gefühl, wenn ich nach einer Reise nach Hause kam und neben meinen drei Perserkatzen auch eine saubere Wohnung vorfand. Wohlfühlen und Entspannen, das ist nun mal der Grund, warum man die eigenen vier Wände geschmackvoll ausstattet.

Ich packte meine Sachen aus. Wir waren beide nervös – aber sehr glücklich. Wir tranken etwas und setzten uns auf den kleinen Balkon. Das werde ich nie vergessen. Es war einfach wunderbar.

Linda war eine zauberhafte und charmante junge Frau! Wir erzählten uns all die Geschichten, die sich seit Mai ereignet hatten: die vielen Telefonate, meine Reisen, ihr Kampf um einen neuen Job oder die Auseinandersetzungen mit dem Arbeitsamt. Es gab so Vieles, was wir uns mitzuteilen hatten. Mein Gott, es war das erste Mal, dass wir uns länger gegenüber saßen und einfach Zeit hatten, unsere Gegenwart zu genießen. Es gibt Momente im Leben, die dieses wirkliche und unbändige Glücksgefühl hervorrufen – das war einer dieser Wenigen für mich.

Sie hatte ein Queensize-Bett, für mich keine neue Erfahrung, mit ihr allerdings schon.

20.

Damals war ihr mein langes Ausschlafen nach den langen Reisen noch nicht so verständlich, aber sie ließ es zu.
Ich weiß noch genau wie es war als ich aufwachte. Sie war da, sofort. Drückte mir gleich zwei, drei große Kissen in den Rücken und einen Kuss auf die Lippen. Ein großer Kaffee – ich wurde verwöhnt. Ich war glücklich. Es gab sie noch diese Frauen, die dich glücklich machen können, die dich verwöhnen, die dir auch ein schönes Zuhause geben. Oder hatte ich einfach schon zu viel hineininterpretiert in ihr Verhalten?

Ich genoss jeden Augenblick. Und dazu hatte ich ja auch noch Urlaub, zwei Wochen. Also nicht nur eine Stunde oder zwei, nein, es würden einige Tage sein. Keine Termine, einfach nur mal Abschalten und dieses frauliche, unglaubliche Wesen neben mir erleben. Erfahren, wie sie wirklich war. Es klingt ja furchtbar, aber irgendwie war es eben doch ein erstes Kennenlernen – ein Test, so schrecklich das auch klingen mag. Wir mussten uns eben aneinander gewöhnen.

Verstehen wir uns einigermaßen? Gleiche Interessen, Geschmack, Lebensstil, Ansichten, Meinungen? Familienplanung? Ich glaube, dass jeder solche Situationen kennt, in denen man vielleicht den Partner für's Leben kennenlernt und es einfach darum geht, ob man denn nun auch für ein langes Leben zusammen geschaffen ist.

Ich machte mich fertig. Wir wollten essen gehen, ins Nugget, ein bekanntes Casino in Reno. Linda war wieder ansehnlich gekleidet; sie trug oft Röcke und Blusen. Diesmal die Violette, die ich ihr zum Geburtstag geschickt hatte. Das freute mich. Sie verkörperte zumindest bisher alles das, was ich mir so vorgestellt hatte von meiner zweiten Frau. Sie hatte zweifelsohne Geschmack und war ein richtiger Hingucker!

Wir gingen essen. Casinos waren eine neue Erfahrung für mich. Diese Atmosphäre in den weitläufigen Räumen ohne Fenster: von einem Saal in den nächsten, dazwischen die Spielautomaten, die ständig klingelten und Geld ausspuckten, hoffentlich mehr als sie schon geschluckt hatten. Und dann die Restaurants und Bars. Die Casinos waren ja auch gleichzeitig Hotels, also auch einige Gäste an der Rezeption.

Wir suchten uns eine dieser halbrunden Sitzecken im besten Restaurant. Es hatte ein riesiges Aquarium, bei dem einer der Hotelpfeiler durchlief.

Viel war heute nicht los, aber das würde sich sicherlich zum Abend hin ändern. Erst einmal genossen wir unser Mittagessen. Nur der Kaffee war dann eben amerikanisch, da musste ich dem Kellner einfach sagen, ob er nicht mal die Bohne wechseln wollte. Linda war das peinlich. Heute verstehe ich das natürlich. Ich war nicht derjenige, der sich in fremden Ländern daneben benahm – aber der Kaffee schmeckte nun wirklich wie Tee!

Nach dem Essen fuhren wir durch die Stadt. Sie zeigte mir die Hauptstraße, über der ein großer, erleuchteter Bogen gespannt war, auf dem stand geschrieben: „The biggest little City in the World". Nachts war das natürlich viel beindruckender. Ich habe später mal ein Video gedreht – und Linda saß im Auto und wartete auf mich. Sie machte sich Sorgen, es dauerte ein wenig und sie stand in einer dunklen Seitenstraße. Heute würde ich das nicht wieder tun.

Mein Englisch war nicht das Beste, aber wir verstanden uns gut. Für die kommenden Tage hatte sich Linda ein paar Ausflüge ausgedacht. Wir fuhren nach Virginia City, die Stadt, die aus der Bonanza-Fernsehserie bekannt ist. In der Nähe war ja die Ponderosa-Ranch, auf der die

Cartwrights einmal lebten. Dort habe ich mir eine Zeitung im alten Format drucken lassen; die Überschrift konnte man sich aussuchen:
„Jürgen found lost gold mine!" hatte ich gewählt.

Ein anderes Erlebnis war eine Dampferfahrt in den Abend mit der Tahoe-Queen, einem Schaufelrad-Dampfer auf dem großen Bergsee, in dessen Nähe in Squaw Valley einmal die Olympischen Winterspiele stattgefunden hatten. Wir tanzten eng zur Musik einer kleinen Jazz-Band. Ich glaube, es war eine erste Glückseligkeit, die uns da überkam. Es war einfach herrlich!

Ein unvergesslicher Abend!

21.

Und irgendwo im Süden von Nevada lag ja auch Las Vegas, eine Legende von einer Stadt, zumindest für einen Europäer.

Linda hatte diese Idee und ich war begeistert.
„Wir fahren nach Las Vegas und schauen uns auch den Grand Canyon an".
Las Vegas und Grand Canyon, Wahnsinn. Wir fuhren mit ihrem Wagen. Ich fuhr und zeigte ihr wie schnell dieser Audi ist. Sie war nicht sehr erbaut davon und ich drosselte das Tempo – auch weil mir einer dieser amerikanischen LKW-Fahrer den Mittelfinger zeigte. Hundert Meilen pro

Stunde auf diesen Straßen sind zugegebener Maßen eher zu schnell. Wir schafften die Strecke in etwas unter sechs Stunden.

Wir suchten uns ein Hotel und ruhten uns erst mal aus. Dann machten wir uns auf den Weg zum Strip. Es war überwältigend. All diese Casinos, der Prunk, die Lichter, die berühmten Hotels, die man nur aus dem Fernsehen kannte oder aus Filmen. Und dieses mit Linda zu erleben machte es außerordentlich schön!

Einer meiner Träume war immer ein Flug mit dem Helikopter über den Grand Canyon. Es musste möglich sein. Wir fragten im Hotel. Natürlich kein Problem. Die meisten nahmen vier Passagiere an Bord und los ging's für etwa eineinhalb Stunden. Nur die Preise! Fast tausend Dollar! Ich hatte einen guten Job, aber tausend Dollar für uns zwei? Es war mir egal! Das war die Gelegenheit, einen Traum wahr zu machen. Wir buchten für den nächsten Nachmittag. Sie würden uns abholen und dann würden wir diesen Traum erleben, zusammen. Allerdings mit einem anderen Paar, zu viert.

Sie holten uns pünktlich ab und brachten uns zum Heliport. Hubschrauber war ich schon einige Male geflogen, Linda noch nicht. Sie hatte allerdings im Prinzip einen Pilotenschein. Leider hatte sie nie die Abschlussprüfung gemacht.
Wir hatten unverschämtes Glück! Das andere Paar hatte abgesagt. Wir waren allein. Freie

Platzwahl! Unser Hubschrauber und sein Pilot warteten schon.
Kurze Erklärungen nach einem freundlichen:
„Hi, this is Linda and I am Jürgen".
„Are you from Germany?" fragte mich der Pilot.
"Yes, I am! Have you been there?"
Er bejahte und nachdem wir an Bord waren, hat er uns einige seiner Erlebnisse erzählt. Ich saß vorne, um Bilder zu schießen. Wir hatten die Kopfhörer aufgesetzt und konnten uns damit auch mit dem Piloten verständigen. Wir hebten ab und schwebten Richtung Hoover Dam.

Es ist immer ein irres Gefühl, mit einem Hubschrauber zu fliegen. Es ist so einfach, dem Geländeprofil zu folgen, auf- und abzusteigen und mal schnell die Richtung zu ändern. Macht einfach nur Spaß!
Wir flogen dem Damm entgegen, drüber und überquerten Lake Mead. Dann über ein Hochplateau, nur ein paar Meter über dem Grund. Warum?

Im nächsten Moment und ohne jede Warnung hatte Darren, unser Pilot, den Helikopter über den Rand des Canyons gehetzt. Plötzlich - von einer Sekunde zur anderen - tat sich dieses Riesenloch auf. Wir mussten laut aufschreien! Man kennt dieses Gefühl von einem Riesenrad, wenn man der Erde entgegen pendelt und ein wenig schwerelos wird. Nur hatte sich Darren auch noch entschlossen, dieses Gefühl ein wenig zu verstärken, indem er den Heli einfach noch zusätzlich nach unten „fallen" ließ. Den Moment werden wir nie vergessen, vor allem nicht diesen unglaublichen, atemberaubenden Ausblick, während wir in den Canyon schwebten. Es gibt Leute, die fangen an zu weinen, weil es so überwältigend ist.

Der Flug war unglaublich – die Landung auch! Darren hatte ein Champagner-Lunch mitgebracht und – obwohl verboten – visierte er einen seiner speziellen Landeplätze an. Aus einer Höhe von einer Meile kann man einen Hubschrauber kaum oder gar nicht erkennen. Er kannte einen solchen Platz. Der senkrechte Abstieg zwischen den roten Felsen war in sich selbst ein Abenteuer und nicht ungefährlich.

Wir landeten und stiegen aus. Hundert Meter von uns floss der Colorado vorbei. Klapperschlangen waren auch zu hören. Wir krochen vorsichtig vorwärts über die Felsen bis wir einen halbwegs passablen Patz erreichten, der für unser Picknick geeignet war. Ein paar prüfende Blicke und wir setzen uns auf die Steine. Darren hatte sich schon niedergelassen und packte das Picknick aus. Sandwiches und ein Glas Sekt und das alles gleich neben dem Colorado River. Über uns die roten Felswände. Absoluter Wahnsinn, dachte ich mir. Mein Traum erfüllt. Eigentlich fehlt mir noch die Fahrt mit dem Schlauchboot, aber dafür hatte ich ja auch noch Zeit!

Es war Linda's und mein erstes großes gemeinsames Erlebnis und unvergesslich zugleich.

Darren hatte den Flug zeitlich ausgedehnt und wir flogen später auch noch tief über den Lake Mead und sahen alte, verlassene Silberminen.

Unser Ausflug dauerte fast drei Stunden. Darren wurde dafür ein wenig gerügt. Uns konnte es egal sein. Wir hatten ein tolles Erlebnis!

Im Hotel schliefen wir erst einmal zwei Stunden, wir waren einfach müde – die Eindrücke blieben wie eingebrannt im Gedächtnis!

22.

Auf dem Heimweg nach Reno entschieden wir uns, einen Abstecher durchs Death Valley zu machen. Wir kamen durch Furnace Creek am nördlichen Ende ins Tal. Kein Zweifel, hier war es richtig warm. Um die 45 Grad, vielleicht etwas wärmer. Wir kamen am berühmten Hotel vorbei und an dem Schild, welches die minus 276 Fuß unter dem Meeresspiegel anzeigt.

Wir brauchten Sprit. Die Tankstelle befand sich gleich ein paar hundert Meter weiter. Tanken ist grundsätzlich etwas anders in den USA, aber ich machte leider einen entscheidenden Fehler. War es die Hitze? Ich vergaß den Tankdeckel aufzuschrauben!

Wir fuhren zum oberen Ende des Tales, um in Richtung Beatty das Tal zu verlassen. Plötzlich fing

der Motor an zu stottern, immer wieder, bis wir fast standen, dann wieder ein paar Meter und wieder ein Stopp. Es war zum Verzweifeln. Ich dachte, wenn ich Linda es erkläre und sie durch gutes Zureden beruhige, wäre das besser für sie. Falsch! Mein erster großer Fehler. Sie hasste dieses ständige Gerede, es war zu viel. Aber ich redete drauf los, wollte Linda einfach beruhigen.
Ein Auto im Rückspiegel! Vielleicht würden wir es ja mit etwas Hilfe über den Bergkamm schaffen, raus aus der Hitze. Es war ein VW. Wir ließen ihn vorbei bzw. wir mussten, wir fuhren Schritttempo, ruckten uns vorwärts. Als uns der VW passierte, schaute ich auf dessen Vordersitz: einiges an Boxen und Geräten. Der Fahrer schaute zu uns rüber und stoppte, die Scheibe senkte sich:
„Hallo, was gibt's? Probleme?"
Er war Deutscher!
„Ja, der Motor bockt Vielleicht die Einspritzung?"
„Wahrscheinlich, Sie haben womöglich Blasenbildung im Sprit. Dann saugt die Einspritzpumpe Luft. Passiert bei dieser Hitze. Wenn Sie es auf den Bergkamm schaffen, können Sie bis nach Beatty rollen, da ist eine Werkstatt. Die Audi-Leute waren bis letzte Woche hier. Wir alle testen unsere Autos hier, alle Marken."

Eine hilfreiche Überraschung.
„Ich bleibe hinter Ihnen, versuchen Sie es!"
Er blieb hinter uns und wir stotterten uns auf den Kamm rauf. Die Hitze hatte tatsächlich den Sprit vergast, weil sich durch den fehlenden Tankdeckel im Tank kein Druck aufbauen konnte.

Als wir endlich über die Höhe ruckelten, wurde es besser. Die Fahrt runter nach Beatty wurde dann angenehmer: mit den zurückgehenden Temperaturen hörte der Motor auf zu stottern und wir rollten nach Beatty. In einer kleinen Garage hat man mir dann die Vermutung bestätigt: kein Tankverschluss, kein Druck, Vergasung, Stottern.

Erst mal entnervt in eine Bar, Linda brauchte eine Toilette. Ich war auch ein wenig genervt. Und dann mein erster richtiger Schock:
„Ich glaube nicht, dass das mit uns funktioniert" sagte Linda zu mir. Es war wie ein Stich ins Herz. Wie konnte sie das sagen? Wir hatten doch eine gute Zeit verbracht!
„Dieses dauernde Gerede, es macht mich verrückt!"

Das war es also, ich redete zu viel. Zumindest in einer stressigen Situation war das offensichtlich nicht, was sie brauchte. Natürlich machte ich mir Vorwürfe. Ich fragte nach, aber es hatte wohl wenig Sinn, das Thema jetzt auch noch zu vertiefen. Ein wenig Schweigen ist besser, wir werden sehen.

Wir hatten noch etwa vier Stunden Fahrt vor uns. Irgendwann wurde es dunkel. Wir sprachen wenig. Die Stille und dieser grenzenlose Sternenhimmel über Nevada brachte dann eine willkommene Abwechslung.

Wir hielten an und öffneten das Schiebedach. Was da zu sehen war, ist heute immer noch einmalig für mich. Es war, als ob man durch ein Teleskop in den Himmel starrte. Tausende oder Millionen von Sternen. In der Wüste ist eben kein störendes Licht. Es war absolut beeindruckend. Wir beide starrten nach oben und da war sicherlich auch ein Hauch von Romantik in der Luft spürbar.

Irgendwie hatte Linda mir dann doch verziehen. Wir waren froh, als wir in ihrem Apartment ankamen.

23.

Die zwei Wochen vergingen zu schnell! Wir kamen uns näher, sehr viel näher. Linda hatte ja zwei Kinder, 15 und 17, Heidi und Billy. Sie lebten beim Vater etwa vier Stunden Autofahrt entfernt in Elko. Sie sah sie ab und zu. Ich hatte ja keine.
Natürlich kam die Frage, ob ich noch Kinder wollte. Wir waren achtunddreißig, beide, also möglich. Nicht für Linda, sie hatte eine Operation hinter sich.
Ich verneinte ihre Frage nach meinem Kinderwunsch. Es war ihr sehr wichtig. Linda hätte bei einem Ja von mir unser Abenteuer – bisher war es noch eins – wahrscheinlich beendet. Sie sagte das nicht direkt, aber ich merkte es.

Natürlich ist es irgendwo egoistisch, keine Kinder zu haben, aber es gibt natürlich auch andere Gründe; manchmal ist es eben auch nur der unglückliche Ausgang einer zeitlichen Abfolge im Leben und dann ist es einfach zu spät.

Unser gemeinsamer Urlaub ging zu Ende. Sie brachte mich zum Flughafen. Ohne die Aussicht, uns bald wiederzusehen, wäre es wohl schrecklich gewesen. Aber wir hatten ja Glück! Ich wusste, dass ich in etwa zwei Wochen wieder nach Portland musste: das große Geschäft bahnte sich an. Ich würde diese zwei Mediziner, die sich auf diese wegwerfbaren, intelligenten Katheder für Herz-Operationen spezialisiert hatten in Portland vorstellen.

Die Erwartung auf das Wiedersehen half uns über das Good-Bye hinweg – und ihr Poster von Lake Tahoe, welches heute noch in meinem Büro hängt.

Wir würden uns in San Francisco treffen für ein Wochenende im August!

24.

Viel Zeit war da nicht in Deutschland. Zurück und doch schon fast wieder die Koffer packen! Unglaublich. In solchen Zeiten verlor ich das Zeitgefühl: ich wusste manchmal nicht mehr, ob ich vor drei oder fünf Wochen da war oder vielleicht sind es schon sechs Wochen? Ist heute Montag oder Freitag? Ich war doch erst hier, oder nicht? Verrückt. Ab und zu hatte ich solcherlei Probleme. Und am nächsten Tag nach der Rückkehr musste ich auch gleich wieder in die Schweiz!

Zu meinem Nachbar im Flugzeug nach Zürich sagte ich, „dass ich gestern erst aus den USA zurückgekommen bin, sofort ins Büro, den ganzen Tag gearbeitet, nach Hause, wieder umgepackt und morgens jetzt wieder weiter in die Schweiz."

Er sah mich an, dieser etwas ältere Herr und sagte:
„In ein paar Jahren gehören Sie zu meinen Patienten. Ich bin Herz-Spezialist und fliege zu einem in die Schweiz. Machen Sie weiter so."

Offensichtlich machte mich das nachdenklich. Wirklich abgewandt habe ich mich nie von diesem Stress, aber zumindest versuche ich es von Zeit zu Zeit.

25.

Linda holte mich am Flughafen in San Francisco ab. Was für ein Wiedersehen! So langsam musste zumindest ich an die Zukunft denken. Ich hatte mich entschlossen, „es" zu versuchen mit ihr. Aber wie?

Wir wohnten übers Wochenende im Hyatt am Flughafen. Ich war natürlich müde und schlief lange. Linda störte das wie sie mir später sagte. Später verstand sie, was solche zehn oder zwölf Stundenflüge bedeuten, dazu neun Stunden Zeitunterschied. Nicht so ganz einfach. Jetlag hatte ich aber selten.

Wir hatten eine gute Zeit an diesem Wochenende! Wir fuhren nach San Francisco, Fishermans Warf, Essen, Cable Car fahren, Lombard Street runter, die berühmten Serpentinen. Für mich nicht nur wegen der neuen Eindrücke aufregend. Linda tat ihres dazu, damit ich mich nun wirklich in sie verliebte. Diese Frau hatte sehr viel von dem, was ich mir immer gewünscht hatte. Hübsch, sexy, sportlich, intelligent. Sie konnte mich auch verwöhnen, sie gab mehr als sie nahm. Sie war fast untypisch für Amerika – es musste ihre Herkunft sein, die Gene der alten Welt, die sie in sich trug.

Und dann war es soweit, dann kam die große Frage, vor der ich mich doch irgendwie fürchtete:

„Was machen wir, Linda? Irgendwie – wenn Du es auch so siehst wie ich – müssen wir entscheiden wie es weitergeht."

Schweigen.
„Ich habe ja einen guten Job, ich kann dich unterhalten und du kannst bei mir wohnen. Es wäre eine Möglichkeit."
Sie sah mich an:
„Ich bin mir nicht sicher. Ich könnte natürlich mein Apartment aufgeben. Da ich zurzeit keine Arbeit habe, würde es natürlich irgendwie gehen. Ich könnte meinen Haushalt unterstellen. Willst du wirklich, dass ich komme?"
„Absolut, es würde mich sehr freuen!"
Ich umarmte sie lange, sie ließ sich fallen. Irgendwie suchte sie sicherlich auch einen neuen Anfang. Ihre Kinder waren natürlich hier, aber sie lebten ganz gut mit ihrem Vater, der sie unterstützte.
„Ich mache dir einen Vorschlag: wir fahren jetzt zum Flughafen und ich kaufe dir ein Ticket – mit Rückflug." Ich wollte ihr einfach diese mentale Hintertür offenlassen, obwohl ich das natürlich nicht wahrhaben wollte, diese eventuelle Rückkehr von Linda in die USA.

Wer ist sich schon sicher, ob ein solcher Beginn einer Partnerschaft funktioniert? Und da sind ja auch noch die Barrikaden, die da heißen Sprache, Mentalität oder Lebensqualität. Wir kamen aus zwei ziemlich unterschiedlichen Welten. Wir wussten nicht, was uns beide erwarten

würde. Wer zieht zusammen nach nur einer relativer kurzen, gemeinsamen Zeit?
Wir einigten uns und fuhren zum Flughafen.

Nach genau vier Wochen, am dreizehnten September würde Linda nach Deutschland fliegen!

26.

Am Sonntag verabschiedeten wir uns und ich flog für die folgende Woche nach Portland und dann zurück nach Hause.

Die nächsten drei Wochen waren gefüllt von vielen Gedanken, Erwartungen, aber keine Ängste vor diesem „Abenteuer". Keine Frage, ich war sehr aufgeregt und freute mich sehr auf ihr Kommen. Meine Sekretärin war plötzlich etwas kühl. Das wäre auch nichts mit ihr geworden. Vielleicht waren wir beide einfach ein bisschen einsam.

14ter September, Donnerstag. Sie war auf dem Weg nach Frankfurt. Ich auch. Natürlich war ich pünktlich. Zu dieser Zeit konnte man noch gleich hinter der Passkontrolle auf die Ankommenden warten.

Mein Gott, war ich aufgeregt! Wir wussten beide, dass das ein großer Schritt in ein neues Leben war.

Klingt etwas abgegriffen oder klischeehaft. Aber so war es eben, ein „geplantes" Abenteuer für zwei Erwachsene auf der Suche nach der glücklichen Zweisamkeit. Nur die Umstände waren schon besonders.

Die automatischen Schiebetüren öffneten sich, Passagiere schlüpften durch, wieder schlossen sie sich. Wieder auf, wieder zu. Wann kommt sie? Ein paar Augenblicke vielleicht, oder ein paar mehr?

Und dann kam sie – an der Seite eines Geschäftsmannes, mit dem sie sich offensichtlich unterhielt. Dann sah sie mich, verabschiedete sich und kam auf mich zu. Die Umarmung werde ich nicht vergessen. Innig und lang und ein herzlicher Willkommens-Kuss.

Arm in Arm gingen wir zur Gepäckausgabe. Sie war wie immer aufregend und freundlich und so charmant, einfach umwerfend. Mehr und mehr wurde ich von ihr gefangen gehalten. Sie war es, sie musste „sie" sein, die Frau fürs Leben!

Die Fahrt nach Hause war für Linda eine ganz neue Erfahrung. Nicht dass sie schon wusste, dass wir auf der berühmten Autobahn schnell fahren: es war schon wegen der Sprache eine neue Welt. Jeder, der die Unterschiede zwischen Amerika und Europa oder Deutschland im speziellen kennt, kann das nachvollziehen. Und vor 27 Jahren waren diese viel größer als heute.

Nach zwei Stunden kamen wir in Wülfrath an. Wir waren hungrig und gingen in mein griechisches Restaurant. Linda hatte noch nie griechisch gegessen; auch dieser Willkommenstrunk Ouzo war ihr natürlich fremd. Und dass man für jede Tasse Kaffee extra zahlen musste war ihr auch unverständlich. Kein kostenloser „Refill"!
Vieles war so anders für Linda, aber ich war so froh, dass sie endlich da war.

Meine Eigentumswohnung war dann die nächste Überraschung – meine drei Perserkatzen auch!

27.

Natürlich wusste die Familie Bescheid! Alle waren gespannt auf Jürgen's neue Freundin, das unbekannte Wesen aus der Neuen Welt. Zu diesem Zeitpunkt war ich der Einzige, der jemals in den USA war. Aber eine Amerikanerin in der Familie?

Jeder fragte sich, ob sie denn „passen" würde zu uns. Wie sind die denn so diese Amerikaner? Man hatte ja auch Vorurteile, hatte viel gehört, meistens im Fernsehen, Politik. Man versuchte sich das auszumalen. Lange musste die Familie nicht warten!
Nur eine Woche nach Linda's Ankunft feierte meine Schwester Karin ihren dreißigsten Geburtstag. Sie war noch nicht verheiratet,

allerdings in einer festen Beziehung mit Bruno. Ein knappes Jahr später sollten sie dann heiraten.

Wir fuhren am kommenden Mittwoch nach Büttgen, ein kleiner Ort, gelegen zwischen Neuss und Mönchengladbach. Eltern und drei Geschwister mit Partnern. Mein Bruder Roland war schon länger mit Uschi verheiratet. Roland und Karin sprachen Englisch, Uschi weniger. Ich hatte also beim übersetzen Unterstützung! Meine Fähigkeiten zu dolmetschen wurden sowieso immer besser. Trotzdem, vor allem für Mutti und Papa war das schwierig.

Unsere Geburtstagsfeiern waren normalerweise nicht spektakulär: Geschenke, Kaffee und Kuchen, kleines Abendbrot, kalt wie üblich. Diesmal war aber eine neue „Attraktion" zugegen. Keine Frage, sie wurde sicherlich befragt, eher ausgefragt!
Papa war eher skeptisch. Für ihn war sie sicherlich eher eine Fremde; Mutti hatte da nie Probleme. Alle Freundinnen, die Ihre Söhne nach Hause brachten – und die Jungs, die uns Karin hatte vorgestellt - waren immer herzlich willkommen. Eine jede dieser jungen Damen konnte ja auch „die für immer" sein.

Außerdem stelle man sich vor wie es Linda zumute war! Alles konnte man ja nicht übersetzen und einiges ging dadurch verloren. Ich versuchte, Linda im Gespräch zu halten zumal sie der

Mittelpunkt war; für den Rest der Familie war es eine dieser Feiern.
Roland und Karin halfen mit; später waren sie „Schwieger-Schwester und Schwieger-Bruder". Das ist ja eigentlich auch eine logische Folge in unserer Sprache! Linda's Wort-Kreationen waren manchmal wirklich zum Schieflachen!

Der Nachmittag nahm einen guten Verlauf; die Unterhaltung war sehr lebhaft. Das Beste kam allerdings zum Schluss: mein Bruder Roland konnte es sich nicht verkneifen, verschmitzt „die" Frage zu stellen:
„Linda, wie lange wirst Du denn jetzt hier bleiben? Bist Du zu Besuch?"
Er grinste erwartungsvoll.
„Wir werden sehen, vielleicht bleibe ich ja länger" antwortete Linda und lachte.

Man muss schon sagen, dass sie die Familienherzen sofort erobert hatte. Sicherlich noch ein paar Fragezeichen in den Köpfen – bei mir und Linda ja auch!

28.

Unser Leben, unser Alltag begann. Die Sprache war Englisch. Nicht ganz einfach für mich und auch für sie, denn das tagtägliche Vokabular war eben doch ein wenig anders als das Geschäftliche. Die Wohnung wurde etwas umgestaltet, das konnte sie ja schon aus beruflicher Sicht sehr gut. Sie war etwas enttäuscht über die gewisse Enge von dreiundachtzig Quadratmetern. Glücklicherweise mochte sie meine Katzen. Trotzdem, es wurde uns sehr früh klar, dass das nicht lange gut gehen würde. Sie hatte eine Allergie. Diese ewig langen Haare meiner drei Perser, die waren eben überall. Es musste eine Lösung her.

Um es kurz zu machen, ich musste mich von meinen „Kindern" trennen! Eine schwere Prüfung für mich, sehr schwer. Ich hatte sie nun acht Jahre, diese drei Geschwister. Das war sicherlich schrecklich, aber ich musste es tun. Linda tat es auch leid, aber gegen eine solche Allergie ist auf Dauer nichts zu machen. Nach einigen Telefonaten fanden wir eine alleinerziehende Mutter, die alle drei zusammen nahm. Wir haben sie dann nochmals besucht und alle drei schienen glücklich zu sein. Ich bin sicher, dass sie einen ganz speziellen Platz im Katzen-Himmel bekommen haben!

Alles andere war auch nicht einfach: man stelle sich nur vor wie wir einkauften. Wir waren in unserem großen Lebensmittelladen, einer dieser modernen mit vielen Gängen und Regalen. Linda gab mir manche, schier unlösbare Aufgabe – zumal ich nun nicht gerade der geborene Hausmann und Koch bin. Wer schon einmal die Vielfalt in einem amerikanischen Supermarkt gesehen und bewundert hat, der kann sich vorstellen, dass mir förmlich die Worte fehlten oder sollte ich sagen die Brandnames?

Was ist das äquivalente Lebensmittel zu Crisco bitteschön? Oder umgekehrt: Maggie ist so ähnlich wie...? Keine Ahnung. Wie wird denn in den USA gekocht und wo liegen die Unterschiede und warum gibt es eigentlich keinen hochfeinen braunen Zucker zum Backen in diesem so hochentwickelten Deutschland? Ist Sellerie gleich Sellerie? Definitiv nicht! Habt Ihr Müsli? Ja, aber nicht solches wie bei Walmart oder Target mit Namen Special K.

Es war eine einzige Katastrophe unser erster Einkauf. Nach zwei Stunden intensiver Suche, Erklärungen, Vokabel-Irritationen und vergeblicher Suche nach möglichen Ersatz-Lebensmitteln, hatten wir zwei Teile in unserem Einkaufswagen und verließen frustriert unseren Supermarkt. Wie soll das nur weitergehen?

Und dann waren da noch die Gegensätze mit den imperialen und metrischen Systemen. Wie viel Gramm in einem amerikanischen Pfund, wie viele Unzen in einem Cup? Wer soll denn das alles wissen und übersetzen? Und der Backofen hat natürlich keine Fahrenheit-Anzeige, warum auch? Ich musste feststellen, dass sich die deutsche Industrie nicht auf die Ankunft meiner Zukünftigen eingestellt hatte. Überraschungen jeglicher Art waren ständige Begleiter in unserem neuen Leben.

Ach ja, und dann noch die Formalitäten. Wichtigstes Dokument war die Aufenthaltsgenehmigung. Also hin zum Ausländeramt in Mettmann. Ich war für sie verantwortlich und musste das auch bestätigen. Ich verpflichtete mich zwangsläufig für Unterhalt und Unterkunft zu sorgen. Hätte sie etwas „angerichtet", es wäre alles von mir zu verantworten gewesen. Dabei wurde mir auch zum ersten Mal vor Augen geführt, wie schwer es doch sein muss, mit deutschen Behörden umzugehen. Die Beamtin im Ausländeramt war dermaßen unfreundlich! Ihr Chef bekam von mir einen Beschwerdebrief – und dankte mir. Endlich konnte man diese Person jetzt versetzen, entlassen ging ja nicht.

Linda musste ich privat krankenversichern, denn eine Arbeitserlaubnis bekam sie nicht, nur eine Aufenthaltsgenehmigung für zunächst ein Jahr.

29.

Linda und ich versuchten, das Beste aus unserer Situation zu machen. Ihre ersten Erfahrungen in diesem so fremden Land mit so vielen kulturellen, mentalen und neben den sprachlichen auch tagtäglichen Unterschieden in der Lebensweise zehrten an unseren und vor allem an ihren Nerven.

Ich muss hier erwähnen, dass Linda ein „Movie-Freak" ist: Filme auf Video oder Fernsehen sind ihr äußerst wichtig und ihr bester Zeitvertreib. Auch das war natürlich fast nicht machen – und CNN Nachrichten allein sind natürlich dafür keinerlei Ersatz! VHS-Kassetten aus den USA funktionieren nicht in Europa, PAL gegen NTSC, jedenfalls damals. Lösungen waren demnach schwierig zu bewerkstelligen.

Telefonieren nach USA war immer noch sehr teuer, die Telekom arbeitete aber an einer Reduzierung. Jeder Pfenning würde helfen! Ich wollte ihr aber nicht den Weg zu ihren Kindern und ihrer Familie „abschneiden". Der Kontakt war einfach notwendig. Ein kleiner Preis, der zu zahlen war. Sie telefonierte auch ab und zu mit ihrer Mutter in Michigan:
„ Wie geht es Euch, Mom?"
„Gut, auch meine Gesundheit und Dad's sind okay!"
Ihre Eltern zogen Monate später von Nevada nach Sturgis, Michigan um und würden einen

extra für sie umgebauten Teil im Haus ihrer Schwester bekommen.
„Wie geht es Dir denn, Linda?"
„Ganz gut Mom, aber alles ist so anders hier! Mom, ich glaube ich bin auf dem Mond! Es ist sehr schwer für mich in diesem neuen Land. Auch die Situation mit Jürgen ist noch nicht gefestigt, er lebt ja noch in Scheidung. Und die Lebensmittel, die Gewohnheiten, kein Geschäft offen nach dreizehn Uhr am Samstag! Und ich bin einsam, denn Jürgen ist nicht immer Zuhause und ich kann mich mit niemandem unterhalten! Und Auto habe ich nur, wenn Jürgen wegfliegt!"

Ihr Deutsch war ganz schlecht, es konnte sich ja auch nicht entwickeln, wir sprachen ja nur Englisch! Ein paar Worte kannte sie mittlerweile, aber viel zu wenig für eine auch nur kleine Unterhaltung. Wenn wir mit meiner Familie zusammen waren, ging es etwas besser, trotzdem versuchte ich alles zu übersetzen.

Es gab viele solcher Telefonate, immer relativ kurz, aber immerhin konnte sie sich mitteilen und ihre Sorgen artikulieren. Das war enorm wichtig!

Da waren allerdings auch noch die Welt- und Deutschland-politischen Großereignisse, wir schrieben ja das Jahr 1989. Die niedergeschlagene chinesische Studenten-Revolution im Juni und die ersten DDR Flüchtlinge in verschiedenen westdeutschen Botschaften in Ungarn und Tschechien konnten endlich im

August und September ausreisen nach Westdeutschland. Das war bei Linda's Ankunft schon Geschichte.

Der Mauerfall bahnte sich an, die friedliche Wiedervereinigung; das war natürlich bis zum Schluss nicht ganz klar.

30.

Es ergab sich, dass ich noch im September wieder nach Portland musste und Linda allein zurückblieb. Ich war nervös. Linda allein in Deutschland, kaum ein Wort Deutsch außer Ja und Nein. Einkaufen war ein richtiges Problem, es fand schweigend statt, wenn sie allein loszog. Sie hatte genügend Geld, das war kein Problem. Die Nachbarn waren zunächst skeptisch und deren englischer Wortschatz war äußerst limitiert. Ich konnte es nicht ändern, ich musste fliegen. Eine Woche. Handys gab's noch nicht, auch wenn sie schon erfunden waren.

Dafür bekam ich einen Einkaufszettel; Linda fehlten natürlich wichtige Lebensmittel und Arzneien sowie Kosmetikartikel. Der Zettel war sicherlich speziell darauf ausgerichtet, die Sachen, zu denen es offensichtlich keinen Ersatz gab zu kaufen. Ich machte das bei jeder Reise.
Zu Linda's Verteidigung ist zu sagen: die Liste wurde von Reise zu Reise kürzer! Beim Zoll bei der

Einreise hatte ich nie Probleme - das wäre heute anders! Nur am Flughafen in Portland hatte das Bodenpersonal manchmal so seine liebe Not mit meinem schweren Koffer: einmal wog er über siebzig Pfund – auch für einen kräftigen Beamten zu schwer. Ich durfte dann in der Abflughalle meinen Koffer umpacken!

Wenn ich dann nach Hause kam mit meinem gefüllten Koffer aller möglichen „Goodies" war das als würde Weihnachten und Ostern auf einen Tag fallen: Linda saß auf dem Wohnzimmerboden und öffnete ein Päckchen nach dem anderen. Ich hatte ihr ein Stückchen Amerika mitgebracht!

Ich fuhr einen E-Klasse Mercedes, 200er Diesel, keine Klimaanlage. Egal, so war das eben. Linda kannte das Auto und hatte es auch schon mal gefahren. Interessant war damals, dass sie keinen neuen Führerschein oder ein paar zusätzliche Fahrstunden machen musste. Also brachte ich ihr die wichtigsten Unterschiede bei.

Wir fuhren zusammen ab und zu zum Flughafen in Düsseldorf, das half. Linda würde ihren Weg immer finden, wenn sie ihn einmal gefahren war.

„Gut" sagte ich, „dann fährst Du mich zum Flughafen und holst mich auch ab."

Da ich bereits ein Autotelefon hatte, konnte ich sie wenigstens anrufen und sehen, ob alles in Ordnung war.

„Kein Problem, bin fast wieder Zuhause, Schatz!"

„Toll, Linda, dann bis bald, ich rufe Dich aus den USA an, wenn ich in Chicago bin. Ich liebe Dich!"

Darüber war ich mir mittlerweile im Klaren. Sie war es! Irgendwie werden wir all diese Barrikaden überwinden – wenn sie es auch will. Noch war sie natürlich unsicher – auch weil ab und zu meine Ex auftauchte, die natürlich noch manchmal unsere direkten Nachbarn besuchte.

Meine Eltern planten, Linda während meiner Abwesenheit zu besuchen. Papa war ja pensioniert, also zeitlich kein Problem.

Das war eine nicht so lustige Begebenheit – aus einem einfachen Grund: Verständigung. Wie schon erwähnt, meine Schwester und meine Schwägerin sprachen ein wenig Englisch, mein Bruder sehr gut. Aber die waren ja nicht zu Besuch da, nur meine Eltern!

Ich hörte die Geschichte als ich wiederkam: Linda und meine Eltern saßen vier Stunden nebeneinander und waren nur durch ein Wörterbuch „verbunden". Für Linda eine absolute Stress-Situation. Was da in vier Stunden kommuniziert wurde, hätte normalerweise nur fünfzehn Minuten gedauert.
Linda war fix und fertig. Ein anderer Grund ist natürlich, dass man sich in den USA nur eine kurze Zeit besucht; eine Stunde, das war's, das reicht. Aber vier Stunden? Eine gänzlich neue Erfahrung, an die sich Linda gewöhnen musste. Wir interpretieren einen solchen Kurzbesuch eher als ‚…denen hat es wohl bei uns nicht gefallen' oder

‚...die mögen uns vielleicht nicht.' In der neuen Welt ist das eher umgekehrt.

Und dann war da noch das kleine Abenteuer beim Abholen. Auch damals hatte es schon Terroristen gegeben und gewisse Sicherheitskriterien an Flughäfen und öffentlichen Einrichtungen. Man erinnere sich nur an die schreckliche Ermordung von Alfred Herrhausen kurze Zeit später Ende November.

Linda fuhr von Wülfrath zum Flughafen nach Düsseldorf; damals gab es die Autobahn-Anbindungen noch nicht aus dieser Richtung. Kein Problem für Linda. Sie fand die „Arrival"-Zufahrt und parkte gleich an der Bordsteinkante. Linda ist immer pünktlich, also auch diesmal.

Nach ein paar Minuten kommt der Sicherheitsdienst:
„Sie müssen hier wegfahren und woanders parken."
Linda schaut ihn an. ‚Was der wohl will?'
„Bitte fahren Sie hier weg, Sie dürfen hier nicht parken!"
Linda wurde nervös, unsicher.
„I do not understand!"
Sie war so beunruhigt, dass sie fast weinte.
„I do not know what to do, please let me stay here!"
Sicherheitsleute und Polizisten in den USA sind da normalerweise sehr kompromisslos.

Der Sicherheitsdienst wusste wohl auch nicht so recht, was er jetzt machen sollte. Er schüttelte nur den Kopf, machte eine wegwerfende Handbewegung, so als wollte er sagen „Dann bleib' eben stehen! Mir auch egal", drehte sich um und ließ Linda stehen.

Heute ist das unvorstellbar! Man hätte sie festgenommen und das Auto abgeschleppt.

31.

Ich nahm Linda mit auf meine Geschäftsreisen wann immer das ging. Schnell lernte sie die Niederlande und Belgien, Österreich und die Schweiz kennen. Für jemanden, der nie sein Land oder die nordamerikanische „Insel" verlassen hatte und Europa nur aus Büchern kannte, war das sehr aufregend. Salzburg und der Wörthersee gefielen ihr besonders. Nicht zu vergessen der Königssee mit St. Bartholomäus.

Was Linda sofort als unangenehm auffiel, war, dass sie in den Autobahn-Raststätten immer Geld bezahlen musste für den Gang zur Toilette; das wäre in den USA gänzlich unmöglich. Allerdings verstand sie, dass sie dadurch bedingt zumindest einigermaßen saubere „Örtchen" erwarten konnte. Es gab ja genügend negative Beispiele – und nicht nur im Ausland! Das schlimmste Erlebnis in dieser Hinsicht war eine Raststätte, die wir ein paar Monate später in der damaligen DDR anfahren würden.

Neunter November, Mauerfall! Ich hatte eine Reise nach Melsungen geplant, ein paar Tage danach. Ein paar Besuche und die Gelegenheit, ganz nah an die „neue" Zonengrenze zu fahren. Aus zwei Gründen eine unvergessliche Fahrt für uns beide.

Bevor ich zu meinem Kunden fuhr, hatten wir in einem Restaurant in Melsungen gefrühstückt. Ich habe bei Reisen Linda oft in Städten ein oder zwei Stunden abgesetzt. In diesem Fall hatte ich ihr Geld gegeben, damit sie bezahlt. Dadurch konnte sie noch länger im Lokal bleiben.
Na ja, das mit dem Bezahlen war so eine Sache. Die Bedienung sprach kein Englisch, Linda kein Deutsch, abgesehen von den paar Wörtern wie Danke und Bitte und Ja und Nein und Guten Tag. Das Bezahlen wurde zum Problem, für Linda eine solche Peinlichkeit, dass sie danach sofort Zahlen und Geld auswendig lernte!

Wir hatten uns ganz nah an die Grenze herangetastet. Wir parkten das Auto und gingen zu einem Übergang mitten auf einem großen Feld; kurz vor dem Feld endete die Straße.
Es war einfach nicht zu begreifen: west- und ostdeutsche Grenzer standen da und unterhielten sich. Einige Fußgänger überschritten auf einem Pfad und über den mit einem langen Brett niedergetretenen Stacheldrahtzaun die Grenze,

an der man sie vor ein paar Tagen eventuell erschossen hätte.

Linda und ich erlebten hautnah deutsche Geschichte. Wir erkundigten uns, ob Linda als Amerikanerin auch die Grenze überschreiten dürfte; ich hatte nämlich geplant, im neuen Jahr nach Erfurt und eventuell Berlin zu fahren. Wir unterhielten uns mit den Polizisten, die Auskunft war deutlich: Linda brauchte ein Visum, ein DDR-Visum! Das gab es allerdings nur an bestimmten Grenzübergängen wie Helmstedt-Marienborn.

Interessant waren natürlich auch die englischen Warntafeln für amerikanische Staatsangehörige etwa einen Kilometer vor dem Beginn der Sperranlagen.
Wir fuhren zurück in eine kleine Grenzstadt. Das Bild, das sich uns bot, war unglaublich, ja schon irgendwie bizarr. Wir standen mit unserer E-Klasse in einer Schlange von Trabbis: ich schätze etwa zehn bis fünfzehn vor uns und ebenso viele hinter uns. Nicht eine andere Automarke!

Leider habe ich davon kein Bild – nur eins im Gedächtnis.

32.

Amerikaner feiern Ende November ihr „Thanksgiving". Wahrscheinlich das größte Familienfest in den USA. Ich würde es als Familien-Heiligtum bezeichnen. Ein „Muss" für die Familienmitglieder, sich zusammen zu finden. Immer am dritten Donnerstag im November, wobei der Freitag danach der berühmte Christmas-Shopping-Day ist, der schwarze Freitag.

Eine andere Notwendigkeit für dieses Fest ist ein braun gebratener und gut gefüllter Truthahn. Je größer, je besser. Diese Tradition wollten Linda und ich natürlich beibehalten; Linda war sicherlich irgendwie einsam und natürlich noch lange nicht Zuhause in diesem fremden Land. Ich versuchte, es ihr möglichst leicht zu machen.

Also dann her mit dem Truthahn! Ich zog los. Truthahn haben wir auch in Deutschland, kein Problem. Das mit der typischen Füllung wäre sicherlich eine Herausforderung, es würden mal wieder die speziellen Zutaten fehlen. Ich hörte Linda schon fragen: Habt ihr das oder das oder diese Soße oder dieses Gewürz? Nein, haben wir nicht, aber wir haben so etwas. Kopfschütteln. Und ich als Superkoch, der ich nun keiner war, hatte sowieso keine Ahnung. Gab es eigentlich süße Kartoffeln in Deutschland? Ich wusste es nicht und es musste ein Kompromiss gemacht werden: gekochte Kartoffeln mit ein wenig Salz und Kümmel sind doch auch gut, oder? Na, den

Kümmel konnte ich gleich vergessen, so etwas ist absolut „verboten" in der amerikanischen Küche. Den mögen die gar nicht.

Trotzdem, ich versuchte mein Bestes. Ich steuerte unseren Supermarkt an und ging schnurstracks zur Tiefkühltruhe. Die Entscheidung für den Truthahn war einfach: der Größte war gerade gut genug – ob wir den essen können oder nicht, spielte keine Rolle. Linda sollte sich diesmal nicht beschweren!

Dreieinhalb Kilo, fast acht amerikanische Pfund. Was für ein Monstrum! Ich war stolz. Auch einige Ersatz-Zutaten, irgendwie ähnlich hoffentlich, hatte ich gefunden. Unsere Einkaufstouren hatten sich nämlich auch etwas entspannt: nach und nach fanden wir „Ähnliches".

Ich kam nach Hause und präsentierte meinen Riesen-Truthahn. Linda schaute mich etwas ungläubig an:
„Das ist ein Truthahn?"
„Ja, das ist der allergrößte, den die hatten!"
„Das ist doch kein Truthahn, eher ein großes Hähnchen."
Ich war am Boden zerstört! Der war doch so groß!
„Ich brauche einen größeren" war die lapidare Ansage.

Ich zog wieder los – und kaufte einen zweiten! Nun gut, Linda kochte uns ein wunderbares Essen! Meine Hilfe dabei beschränkte sich auf die Umrechnungen von Unzen in Gramm und

Fahrenheit-Grade in Celsius. Das zumindest hatte ich bald im Griff. Und bei meinem nächsten Amerika-Flug würde ich auch ein Ofen-Thermometer mit Fahrenheit- und Celsius-Skala kaufen.

Und dann die nächste Überraschung: sie brauchte Sellerie. Ha, ich wusste genau was das war, hatte ich doch solche Dinge auch schon in meinen Kindestagen immer für Mutti eingekauft!
Nun gut, wieder zum Supermarkt. Sellerie, diese braunen Knollen gibt es immer und fast überall. Mutti hatte in schlechten Tagen daraus „Schnitzel" gemacht: in Scheiben geschnittene Knollen, paniert und in der Pfanne gebraten. Gar nicht so schlecht. Ich kaufte eine und fuhr nach Hause.

Als Kind sagten wir immer „Pustekuchen", wenn wir falsch lagen. Daran wurde ich erinnert:
„Was ist das denn?"
Linda war schlichtweg erstaunt. Vor allem als ich meine Auswahl als Sellerie verteidigte.
„Das ist Sellerie!"
Ein schlichtes „Nein" war die frustrierte Antwort. Es brauchte eine Weile bis sie mir das erklärt hatte und ich verstand, dass ich leider im amerikanischen Verständnis mal wieder falsch lag. Die Amerikaner bezeichnen nämlich Zwiebelstauden als Sellerie!

Mein nächster Besuch im Supermarkt war dann erfolgreicher!

33.

Linda hatte Heimweh. Kein Wunder. Die Kinder und Eltern waren in Nevada, die andere Familie, Geschwister wie erwähnt in Michigan. Da war doch das Rückflug-Ticket. Nein, nicht wirklich, denn das hatten wir nicht planen können und es war verfallen. Aber ein Einfaches hätte im Prinzip das Gleiche gekostet.

Eine komische Situation. Sicherlich war unser Verhältnis noch nicht stabil. Meine Scheidung stand im Januar an. Das zumindest war für Linda ein wichtiges Zeichen, dass ich es ernst meinte mit uns und unserer gemeinsamen Zukunft.
Für meinen Teil hatte ich zumindest die Hoffnung, dass sie nach der Heimreise über die Weihnachtsfeiertage auch wiederkam. Wir sprachen darüber. Sie wollte unbedingt mit ihrer Familie Weihnachten feiern. Vielleicht war es auch nur diese gedankliche Hintertür, dass es im Falle eines Falles einen Weg zurück in die USA gibt.

„Ich kann nur hoffen, dass Du Dir es nicht anders überlegst, mein Schatz! Aber ich habe das Gefühl, dass Du das hier nun Dein Zuhause nennst."

Ich weiß, dass sie sich nicht ganz sicher war – aber sie merkte, dass diese Feststellung durchaus stimmte. Nach zehn Tagen hatte ich sie wieder. Sie war froh, daheim gewesen zu sein, aber auch wieder bei mir zurück!

Es war eine ganz wichtige Erfahrung für sie mit der Familie, aber eben doch mit dem Gefühl, dass sie es mit mir versuchen sollte. Ihre Entscheidung war zumindest bis auf weiteres auf mich gefallen.
Das neue Jahr begann eigentlich erst nach der Scheidung. Das war wichtig, es war vorbei.

Die Zukunft konnte beginnen.

34.

Linda brauchte ein Auto. Schon immer mochte sie deutsche Autos, Geschmack hatte sie ja und einen Audi hatte sie ja auch schon gefahren. Also suchten wir einen Mercedes. Einen SL bekamen wir nicht, zu teuer, aber einen SLC 350. Leider kein Klima und keine Automatik. Und dann auch noch ihre „Lieblingsfarbe": grün! Trotzdem, ein guter Gebrauchter und ein Geschoss mit seinen acht Zylindern und zweihundert PS.

Für mich war es schon erstaunlich, wie schnell sie schon bald diesen Sportwagen fuhr. In den USA waren ja nur fünfundfünfzig Meilen erlaubt, manchmal fünfundsechzig; sie fuhr manchmal bis zu hundertvierzig – Meilen natürlich! Sie nannte ihren Wagen „The Bullet".
Jedenfalls war sie letztendlich zufrieden, das war mir wichtig. Sie sollte ihre Freiheit haben, ihre eigenen Sachen und auch ihr eigenes Geld. Natürlich verdiente ich es, aber ihr eigenes Konto

zu haben und jeden Monat ihr „Gehalt" zu bekommen, war uns beiden wichtig.

Solange sie in unsere Kleinstadt laufen musste, machte sie sich aus ihren ersten Erfahrungen mit uns Deutschen einen Spaß. Zu oft hatte sie bemerkt, dass sich die Leute auf der Straße selten begrüßen oder auch nur ansehen. Jeder schien so sehr mit sich selbst beschäftigt zu sein. Zumindest waren die Leute nicht so freundlich wie in den USA. Da entschuldigte man sich ja auch für alles: der Einkaufswagen, der im Weg stand, wenn man jemanden passieren musste, wenn man fragte, wenn man das Gefühl hatte, dass man jemanden störte.

Linda machte sich also einen Spaß daraus und sagte jedem, dem sie begegnete ein freundliches „Guten Morgen" – was dann einige Mitbürger förmlich aufschreckte und zu einem ebenso freundlichen Gruß zurück bewegte. Linda fand das amüsant.

Unser Alltag entwickelte sich. Manchmal war sie eben allein, aber das störte sie nicht. Sie brauchte auch diese Zeit. Ansonsten nahm ich sie mit auf Reisen: diesmal Madrid und Wien, Brüssel, dann Zürich, Mailand, Berlin, Pisa, Florenz. Die Architektur interessierte sie natürlich ganz besonders. Vieles hatte sie in Büchern gesehen, nun stand sie davor. Ich glaube, es geht uns allen so: alles in Wirklichkeit vor den Augen ist großartig.

Nach einiger Zeit kannte man „die Amerikanerin" in der Stadt, mit Namen.
„Guten Tag Frau Long! Wie geht es Ihnen?"
„Meistens kam da ein „Gut" oder „Okay".
Kurze Sätze waren möglich, mehr nicht. Wenn wir zusammen einkauften, ging das natürlich alles in Englisch, was den Leuten die Hälse verrenkte. Es waren ja auch andere Zeiten, wir waren noch nicht so amerikanisiert bzw. waren Anglizismen noch nicht so gebräuchlich.

Irgendwann hatten wir uns daran gewöhnt. Eines allerdings war schon ein wenig komisch: ich wurde automatisch immer mit Herr Long angesprochen. Ob ich nun beim Arztbesuch für Linda wegen der Übersetzungen mit war oder in einem bekannten Laden, manchmal sogar bei mir Fremden, die sie kannte, ich aber nicht. Ich verbesserte das am Anfang. Irgendwann gab ich auf.

Nun denn, ich war dann eben Herr Long an der Seite von Frau Long. Ist ja auch irgendwie logisch, oder?

35.

Wir machten einige Ausflüge in unserer Gegend. Orte und Sehenswürdigkeiten: Kölner Dom, Eifel, Aachen, Wuppertal, Bonn. Und auf jeden Fall musste ich ihr unser Disneyland bei Brühl zeigen! Damals war es womöglich der einzige Freizeitpark dieser Kategorie.

Ich kann mich gut daran erinnern. Wir standen an einem Imbiss und verspeisten jeder eine dieser wunderbaren Bratwürste. Linda mochte die sehr. Am Stehtisch daneben standen zwei kleine Jungen und lauschten gespannt auf unsere englische Konversation. Verstanden haben sie nichts, ich hörte ja ihre Kommentare.
„Pass' mal auf" sagte ich zu Linda in Englisch und wandte mich an diese beiden Knirpse, die sich gerade lachend darüber ausgetauscht hatten, dass sie ja alles sagen könnten zu uns, weil wir das sowieso nicht verstehen.

Ich wandte mich zu den beiden Jungs und sagte: „Ihr solltet da vorsichtig sein, weil es doch sein könnte, dass man Euch versteht!"
Die Beiden waren nicht nur erschrocken, starrten mich ein paar Augenblicke an und machten sich sofort von dannen. Vielleicht eine gute Erfahrung für die Zwei. Wir lachten.

In der Nähe von Wuppertal ist Solingen mit einer schönen kleinen Burg. Ein bekanntes Ausflugsziel. Es entwickelte sich für uns zur beliebtesten

„Kaffeefahrt". Wir fuhren oft am Samstag oder Sonntag sporadisch hin und gingen spazieren und Kaffee trinken.
Es störte uns nicht mehr, wenn die Leute uns nachsahen, weil wir Englisch sprachen. Das war eben so. Wir hatten uns darauf verständigt, dass das Deutsch-Lernen zurzeit nicht so wichtig war. Im Nachhinein vielleicht ein Fehler.

Wir saßen im Burg-Cafe. Ganz gemütlich, Sonntagnachmittag, nur keine Eile. Es dauerte ein paar Minuten bis die Kellnerin kam. Plötzlich stoppten alle Gespräche an den anderen Tischen und die Leute schauten gespannt zu uns herüber. Wie würden die Beiden wohl bestellen? In Englisch oder ein paar Brocken Deutsch? Mal sehen dachte sich wohl jeder.

Na, das war ja kein Problem! Ich bestellte in fließendem Deutsch unsere Kaffees und den Kuchen. Nach ein paar erstaunten Blicken flammten alle Gespräche wieder auf und man würdigte uns nicht mehr.

Einer meiner Geschäftsfreunde aus den USA kaufte später auf einem Flohmarkt in dieser Burg einen antiken Verlobungsring für seine Frau.

36.

Ich glaube kaum, dass es eine Frau gibt, die gerne in der gleichen Wohnung wohnt, in der die Ex ihr „Unwesen" getrieben hat. Für Damen mit Sternzeichen Krebs ist das sicherlich am Schwersten. Denen sagt man ja nach, dass sie die besten Mütter sind und das Zuhause die Burg ist. Auf Linda traf das besonders zu. Irgendwann sehnte sie sich nach „ihrem" Zuhause.

Auf der Suche nach einem neuen, unserem gemeinsamen Anfang ohne störende Erinnerungen, kam uns zu Hilfe, dass ich mich beruflich verändern wollte und konnte. Meine Zeit in der Firma schien abgelaufen zu sein. Leider habe ich zu oft Amerikaner getroffen, die einfach mit der „alten" Welt nicht zurechtkommen, vielleicht sollte ich sagen Geschäftswelt. Wir arbeiten eben anders, verkaufen anders, stellen uns auf andere Mentalitäten, Sprachen, Gesetze ein oder wir fahren eben dann auch anders Auto. Auch vermutete einer meiner amerikanischen Kollegen einmal bei einer langen Autobahnfahrt eine riesen-große Stadt, weil dauernd das Hinweisschild „Ausfahrt" kam!

Mein weltweit gereister Chef stellte mir nach über zwei Jahren der intensiven Reisen durch Europa die Frage:
„Was ist eigentlich so anders in Europa?"
Er hatte es einfach nicht verstanden! Na ja, es war für mich damals wie heute eine Schlüsselaussage.

Jahre später kommentierte mein bester amerikanischer Chef meine ersten hundert Tage im Amt so:
"Ich habe keine Ahnung, warum Du die Firma so führst, ich verstehe es auch nicht, aber mach' so weiter, denn offensichtlich bist Du so erfolgreich!"

Egal, die Zeit war reif. Glück muss man(n) auch haben. Mein Netzwerk funktionierte. Ein ehemaliger Kollege gab seinem Chef einen Tipp und dieser kontaktierte mich; Großraum Frankfurt, na gut. Direktor Verkauf und Telemarketing, Aufbau einer großen Firma. Meine Talente waren gefragt und ich willigte ein. Aufbau einer Vertriebsmannschaft und vieles mehr. Wir bereiteten den Start einer Niederlassung eines großen, britischen Distributors vor für elektronische Komponenten und stellten jede Menge Leute ein.

Ich war begeistert, auch von meinem neuen Chef. Linda allerdings fand ihn nicht so gut, was ich noch nicht verstand. Die Zukunft zeigte, dass sie Recht hatte. Seitdem beneide ich die Damenwelt um ihre Intuition, etwas was uns Männern nicht gegeben ist, jedenfalls bei Weitem nicht in dem Maße.

Parallel musste ich unser neues Zuhause suchen. Man stelle sich nur vor, dass der Partner eine Innenarchitektin ist und dann auch noch amerikanische Wurzeln hat. Genau in dem Teil der Welt, wo alles größer und besser ist, weitläufig, viel

Platz eben! Das zu finden, bezahlbar und den Wünschen entsprechend war eine schier unlösbare Aufgabe – an der ich gewachsen bin!

Ich suchte vier Monate, ohne und mit Linda. Ab und zu war sie in Frankfurt und wir hatten Besichtigungstermine. Nach etwa vierzig Terminen war ziemlich klar, dass es das Wunsch-Zuhause nicht gab. Ich war kein Krösus. Ich verdiente jetzt mehr, aber die Bäume wachsen eben nicht in den Himmel wie man so sagt.

Samstag war Zeitungstag, es gab noch kein Internet 1991! Heute kaum vorstellbar. Linda wohnte noch in Wülfrath und ich während der Woche in Walldorf. Im Übrigen war das die Zeit als SAP dort seine Geschäfte aufbaute und der erste Irak-Krieg anfing!
Ich hatte eine der Rhein-Main-Zeitungen durchstöbert; immer dasselbe. Entweder kannte ich die Annoncen schon, hatte die Objekte schon gesehen oder war vorbeigefahren oder es war zu teuer oder zu klein oder zu weit weg oder, oder, oder.

Irgendwann waren wir es Leid zu suchen. Linda war frustriert. Deutschland, das gibt's doch nicht. Da muss doch irgendwo so eine große, schöne, neue Wohnung oder Haus zu mieten sein. Eines, bei dem die Waschmaschine nicht im Keller steht, eines mit offener Küche, mit einem Bad, bei der die Toilette nicht auf dem Boden steht sondern an der Wand hängt und mit Fenster. Ein Objekt, bei dem man den Sonnenuntergang sieht und es keine störenden Nachbarn gibt.

„It should be architecturally interesting" pflegte Linda als neues Kriterium hinzuzufügen. Was das war, ist nicht ganz einfach zu erklären – jetzt weiß ich's!

Ach ja, ein Garten wäre schön und so ein wunderschöner Ausblick, vielleicht mit irgendeinem kleinen Fluss oder See? Und die Stadt sollte „cute" sein, also niedlich und romantisch und gemütlich mit allen Einkaufsmöglichkeiten. Habe ich etwas vergessen? Ja, wir müssen es uns leisten können und ich musste hoffentlich nicht hundert Kilometer fahren zur Arbeit, einfache Fahrt versteht sich!

„Wo ist denn das? Miltenberg?" fragte ich Linda. Da war etwas inseriert von der lokalen Sparkasse. Einfamilienhaus, in Hanglage, sehr großes Grundstück, hundertsiebzig Quadratmeter. Hm, klingt gut dachte ich mir. Mal sehen wo das ist. Könnten achtzig Kilometer sein, eine Stunde Fahrt? Wer weiß!

Montag rief ich an; der Sparkassenmann war freundlich und erklärte mir, dass es etwas Besonderes ist. Altes Haus aber voll renoviert, großzügig mit fünftausend Quadratmeter Grund, Waldrandlage. Der Eigentümer war vermögend, sehr vermögend! Ich machte einen Termin für das kommende Wochenende. Linda würde mit ihrem Flitzer die Autobahn runter düsen und wir würden es uns ansehen.

Samstag, Termin um 11.00 Uhr. Wir fuhren pünktlich los. Für die Autobahn Richtung Aschaffenburg brauchten wir zwanzig Minuten, annehmbar. Abfahrt nach Miltenberg. Ganz schön weit: da standen nochmal vierzig Kilometer auf der Tafel. Nach Obernburg fragten wir uns, ob wir das überhaupt ansehen sollten. Jetzt nochmal achtzehn Kilometer Landstraße!

Natürlich fuhren wir hin. Wir hatten uns das auf der Landkarte angesehen und aufgeschrieben. Und da war sie die Stadt.
„Nice" entfuhr es Linda.
Hurra, wir sind auf einem guten Weg! Natürlich war diese ganze Suche auch für mich sehr frustrierend. Ich wusste ja was möglich war und was nicht. Wie Häuser und Wohnungen in Deutschland konzipiert und gebaut wurden. Bis heute nicht gerade praktisch und „Hausfrauen-freundlich". Es blieb der Ehrgeiz und die Hoffnung – die stirbt bekanntlich zuletzt.

Ortseingang Miltenberg. Der Main auf der linken Seite, kleinere Berge rechts. Die Stadt mit der alten Zollbrücke, wunderschön. Selbst ein Schloss hatte man hier! Alles schien aus rotem Sandstein gebaut zu sein.

Wir bogen rechts ab und fuhren den Berg rauf. Die Straße schlängelte sich, eng, dann wieder etwas breiter, ziemlich steil. Wir fuhren langsam. Irgendwo musste doch dieser „Jägersteig" sein! Wir sahen das Schild: ein Waldweg! Wir sahen uns an: na dann mal los. Wir fuhren Schritt und kamen schließlich zu einem einzelnen Haus auf der rechten Seite. Danach gab es nur noch Wiese und Wald. Nicht schlecht! Jetzt musste nur noch das Haus passen. Bitte, bitte lieber Gott, lass' es Linda gefallen!

Ein kleiner Vorplatz am Haus, eine einzelne Garage, Gartentor und ein riesiges Grundstück wie ein Park. Und die Aussicht, Wahnsinn! Ein riesiges Wohnzimmer mit großen Panorama-Scheiben und einem offenem Kamin. Das allein hatte achtzig Quadratmeter. Eine Miele-Küche! Eine Terrasse, privat. Einfach super. Muss ich noch mehr sagen? Wir wollten es haben, das war, was wir gesucht hatten.

Irgendwie musste da doch ein Haken sein. Linda und ich waren begeistert, aber wir hatten ja noch keinen Mietvertrag unterschrieben! Nur her mit dem Vertrag und wir ziehen um. Das allerdings war dann nicht so ganz einfach. Die Eigentümer wohnten auf dem kleinen Hügel daneben. Eine Villa, die einem gleich Respekt und Bewunderung abverlangte. Womöglich vier- oder fünfmal so groß wie unser mögliches, neues Zuhause.

Unser Makler sagte uns, dass wir uns zuerst vorstellen müssten bei den Eigentümern, die würden die Auswahl treffen. Er würde den Termin machen. Wir schlugen Sonntag früh vor, wenn möglich morgen. Ich gab ihm meine Auto-Telefonnummer und wir verabschiedeten uns, nicht ohne nochmals den Ausblick nach Westen und die Lage zu genießen.

Wir konnten unser Glück kaum fassen; ich würde alles versuchen, die Eigentümer zu überzeugen, dass wir die richtigen, solventen Mieter waren. Linda würde mit Sicherheit glücklich sein hier – mit mir.
Wir bekamen den Termin! Und wir konnten selbstbewusst auftreten; ich würde uns schon als „gut situiert" bezeichnen und einen guten Job hatte ich auch.

Die Unterzeichnung des Mietvertrages war ein Festtag! Wir sollten hier sehr glücklich werden. Im Juni 1991 zogen wir um.

Es gab also doch noch diese unmöglich zu findenden Miet-Objekte!

37.

Im Juli, wir waren gerade sechs Wochen in Miltenberg, musste ich nach Dresden. Damals waren die neuen Bundesländer mitten in den Anfängen der Umstellung. Es gab kaum richtige Hotels; und wenn, dann waren sie extrem teuer. Ich wollte Linda unbedingt mitnehmen. Solch eine in vielerlei Hinsicht historisch beeindruckende Stadt muss sie einfach gesehen haben, dachte ich mir.

Wir mussten auf einem dieser Ausflugsschiffe schlafen, in Kajüten! Es gab einfach keine Zimmer. Das alles war nicht so schlimm. Wir sahen uns die Stadt an und vor allem die damals noch nicht wieder aufgebaute Frauenkirche. Man hatte gerade mit dem Fundament begonnen, den ersten Wänden, die etwa zwei Stockwerke hoch aufragten und mit Planen abgedeckt waren.
Viele der ehemaligen und nunmehr nummerierten Bruchstücke lagen auf dem Vorplatz, auch die alte Uhr. Es war sicherlich verboten, aber wir gingen einfach in den abgesperrten Rohbau hinein und sahen die aus alten und neuen Teilen zusammengesetzten Wände an. Diese Kirche war wirklich beeindruckend und würde es wieder sein. Sie wurde bei dem Bombenangriff im Februar 1945 zerstört. Später spendeten wir fünfhundert Mark für den Wiederaufbau und bekamen dafür eine Stifterurkunde.

Ich sollte hier einfügen, dass Linda seit ihrem Zahnarztbesuch in Wülfrath, bei dem sie eine Betäubungsspritze bekommen hatte, immer noch Probleme mit ihrem Trigeminus-Nerv hatte. Vom Kiefer zum Auge und Ohr tat ihr alles weh. Irgendwie hatte der Zahnarzt wohl einen Nerv getroffen, ihre Gesichtshälfte fiel förmlich nach unten!

Wir kämpften immer noch damit und Linda nahm ständig Tabletten, um den Schmerz zu lindern. Wir waren bei vielen Spezialisten und Chef-Ärzten, machten Tests und CTs, nichts half. Selbst in der deutschen „Mayo-Klinik" in Mainz, deutsche Klinik für Diagnostik, konnte man uns nicht helfen.
„Damit müssen Sie wahrscheinlich leben" war die letzte und so endgültig scheinende Aussage eines Spezialisten.
Das konnte doch nicht sein? Alle vier Stunden vier Tylenol, diese amerikanischen Schmerztabletten. Zugegeben, die hatten anscheinend keinerlei Nebenwirkungen, aber für immer Tabletten schlucken? Und immer diese Schmerzen im Kiefer und im Auge? Wir gaben nicht auf.

Was man auch lernte war, dass die Schulmedizin kaum Antworten fand auf spezielle Beschwerden und dass die Aussagen des Patienten kaum zählten. Dabei weiß man doch selbst oft besser, was mit einem los ist und wo es weh tut. Wir möchten doch nur eine ordentliche Diagnose!

Weitere zwei Jahre später fanden wir die Lösung: ein amerikanischer Zahnarzt, der die Ursachen dieser speziellen Schmerzen in Deutschland studiert hatte und der die deutschen Ärzte dahingehend als führend bezeichnete, diagnostizierte bei Linda während eines Besuches der Verwandten in Michigan eine leichte Kieferfehlstellung, die er mit einem Kunststoff-Prothese korrigierte. Dieses musste sie am Anfang immer, später nur gelegentlich tragen. Eine Ursache war auch der Stress, dem sie nun zwangsläufig in diesen ersten Jahren in Deutschland ausgesetzt war und zu diesem „Zähneknirschen" im Schlaf führte.

Wir kamen von Dresden nach Hause. Leider gab es dann eine böses Erwachen: Linda wurde krank! Furchtbar krank. Linda hatte nun mal diesen empfindlichen Magen; Änderungen in der Ernährung oder auch nur der Wechsel beim Trink-Wasser machten ihr zu schaffen. Ich hatte so etwas nie, hätte dann meine Reisetätigkeit auch gleich einstellen müssen. Bei ihr war das anders. Wir wussten es, konnten es natürlich nicht immer vermeiden, dass solcherlei Veränderungen auf den Reisen vorkamen.

Ihr ging es schlecht: Magenkrämpfe und alles, was zu Magenverstimmungen dazugehört. Sie konnte nicht essen, nur trinken, und das war schon schwierig. Die Arztbesuche fanden Zuhause statt. Noch hatten wir unser Bett nicht, wir schliefen auf den Matratzen am Boden.

Nach drei Wochen und keinerlei Veränderung wussten die Ärzte uns nicht mehr zu helfen; wir sollten nur ganz langsam eine Besserung erfahren. Wie lange es dauern würde, wusste keiner.

Linda kann mit vielem fertig werden, aber das war nun mal zu viel und auf Dauer zu gefährlich. Dazu immer noch die Sache mit dem Kiefer.

Sicherlich war die ganze Umstellung der Ernährung von den USA auf Mittel-Europa eine mittelfristige Aufgabe für ihren Körper, aber wir mussten etwas unternehmen: wir riefen Joyce an, die Kartenlegerin, die unsere Zukunft so eingehend beschrieben hatte. Wenn man nicht mehr weiter weiß, greift man eben zum letzten Strohhalm!

Joyce freute sich wie immer über unseren Anruf. Linda sprach mit ihr nur kurz, dann unterbrach Joyce:
„Du bist krank, hast eine Infektion im Magen, du musst Fenugreek nehmen!"
Woher zur Hölle wusste sie das?
„Wie bitte, was?"
„Fenugreek, Jürgen soll es besorgen, dann wird es dir bald besser gehen!"
Die „Ferndiagnose" war einfach unglaublich! Aus dem Nichts, wir hatten ja noch gar nichts erzählt von Linda's Krankheit!

Ich machte mich auf die Suche; keine Ahnung, was das für ein „Zeug" war. Erste Adresse war die internationale Apotheke am Frankfurter Flughafen, aber die wussten auch nicht, was das war und hatten dadurch keine Möglichkeit, es zu besorgen. Also riefen wir die Verwandten an, die schickten es uns zu. Eine Woche später hatten wir es. Und drei Tage darauf ging es Linda sehr viel besser; noch ein paar Tage und sie war geheilt.

Irgendjemand erkläre mir bitte, wie Joyce das wusste und genau die Medizin empfohlen hat, die Heilung brachte!

38.

Miltenberg ist wirklich eine wunderschöne Stadt. Am Untermain gelegen und eingebettet im Maintal, eine halbe Stunde bis Wertheim. Freizeitgestaltung war hier auch kein Problem. Linda fühlte sich sofort wohl hier, das war mir natürlich wichtig, denn sie war ja auch oft allein. Wir hatten auch eine Alarmanlage! Und zwei Katzen fanden sich ein. Sehr scheu. Linda sorgte sich um sie. Anfassen ließen sie sich nicht, aber ihr Futter wollten sie jeden Tag pünktlich haben!

Linda hatte sich alles genau ausgedacht. Bei der Einrichtung ließ ich ihr die sprichwörtliche freie Hand, das konnte sie nun wirklich besser! Ich weiß nicht wie man das so beschreibt mit den verschiedenen Richtungen; für mich war das vom Stil her modern und zeitlos, gemütlich auch und großzügig. Zwei Couchen in der Mitte des Raumes, ein Sessel, Glastisch vor dem offenen Kamin, Schreibtisch vor den eingebauten Bücherregalen im Hintergrund. Große Pflanzen in den Ecken, eine Essecke in einer großen Nische.

Mein Auto stand immer vor dem vergitterten Küchenfenster, Linda sah mich gleich, wenn ich nach Hause kam. Die schönen alten Birken und Tannen und der wunderschöne Park sorgten für das entsprechende Ambiente. Das war für deutsche Verhältnisse ein Traum von einem Anwesen.

Wir fanden Bekannte und neue Freunde. Linda wurde aufgenommen in die Damengesellschaft – und in den Tennis-Club. Linda ist eine sehr gute Tennisspielerin und ich habe während der kommenden Jahre nur ganze zwei Sätze gegen sie gewonnen! Und gegen eine Amerikanerin zu spielen, fordert irgendwie heraus! Bei der Club-Meisterschaft wurde sie auch prompt zweite: bei großer, sommerlicher Hitze bekam sie allerdings auch fast einen Hitzschlag.

Sie war nun mal mehr Zuhause und in der Stadt, genau wie in Wülfrath, kannte man sie eben, die Amerikanerin, die Dame mit der man seine englischen Sprachkenntnisse testen konnte. Linda hat Stil und ist immer geschmackvoll angezogen, das fällt natürlich auch auf. Ich selbst bin nie in Jeans in die Stadt gegangen! Ich fand es einfach nicht passend in dieser Stadt. Man wusste natürlich auch, in welchem Haus wir wohnten. Darauf waren wir auch stolz und es verpflichtete uns ein wenig.

Ich hatte immer Spaß am Schachspielen; alles gelernt von meinem Papa! Ich trat kurzer Hand dem Klub eines kleinen Vorortes bei. Man lernte Leute kennen und einer der Vereinskollegen war tatsächlich mit einer Amerikanerin verheiratet! Ein toller Zufall! Linda und Mary lernten sich kennen und beschlossen, ab und zu ein wenig Zeit miteinander zu verbringen.

Mary war in der gleichen Lage mit dem Deutsch; es lag nahe, dass sie zusammen zu einem intensiven Deutschkurs gingen. Wir hatten das schon probiert in Aschaffenburg, aber als Linda in einer Klasse mit nur Russinnen zusammensaß, war der Kurs auch schon am ersten Tag für sie gelaufen. Linda zu etwas zu zwingen, bei dem sie sich nicht wohl fühlt, war eigentlich niemals eine Option. Und warum sollte ich sie zwingen? Sie würde wahrscheinlich kaum etwas lernen.

Das mit Mary würde besser gehen. Tatsächlich hielten die beiden es eine Weile durch. Zu deren Verteidigung – und all derer, die Deutsch lernen müssen als Fremdsprache – muss ich sagen, dass es mir sicherlich auch schwer fallen würde, Deutsch zu lernen. Den einzigen Vorteil, den ich habe ist, dass ich das große „Latinum" habe: sechs Jahre Latein am Gymnasium, das hilft immer. Mit vierzig fällt es einem sowieso nicht mehr so leicht, eine andere Sprache zu lernen. Trotzdem, dahingehend musste es einfach Fortschritte geben, in ihrem eigenen Interesse.

Das hatte sie auch akzeptiert und verstanden.

39.

Ab und zu machten wir den weiten Weg zu meinen Eltern nach Krefeld; meine Geschwister mit Anhang wohnten ja auch in der Nähe. Linda war jetzt gut zwei Jahre in Deutschland und insgeheim gingen wir davon aus, dass es auf jeden Fall eine Bindung fürs Leben werden sollte.

Linda erzählte mir, dass Mutti sie beiseite genommen hatte und fragte, wann wir denn heiraten würden.
„Da musst du schon deinen Sohn fragen, das ist nicht meine Aufgabe."

Vielleicht brauchte ich ja diesen Anstoß! Auf jeden Fall habe ich, auf den Knien wie sich das gehört, Linda am Freitag den 13. Dezember 1991 einen Antrag gemacht. Sie sagte „Ja!"

Es gab uns beiden Sicherheit und wir waren beide überzeugt, dass unsere Liebe für die Ewigkeit war. Wir haben uns oft als Seelen-Verwandte betrachtet, schon allein wegen dieser unglaublichen Begegnung in Los Angeles.

Linda hatte auch ein ganz außerordentliches Gefühl als sie damals in Frankfurt zum ersten Mal nach Deutschland gekommen war:
„Es war ganz komisch als ich gelandet war und durch die Kontrollen ging: ich hatte das Gefühl, dass ich nach Hause komme!"
Dieses Gefühl war und ist immer noch da; aus freiem Willen würde sie nicht mehr in die USA ziehen.

40.

Wir verlobten uns im Februar und planten die Hochzeit – in den USA. Es musste Lake Tahoe sein! Nicht nur, dass es damals unser erster, gemeinsamer Urlaub war, sondern auch weil die Erinnerungen an den Abend auf der Tahoe Queen so romantisch sind.

Heirats-Formalitäten sind in Nevada ziemlich eintach: ein spezielles Formblatt, das war's. Linda's Mutter arrangierte den Trauungstermin in der Chapel von Referent Love – der hieß tatsächlich so!
Meine Familie konnte leider nicht mitkommen, aber dafür waren Linda's Kinder unsere Trauzeugen und ihre Eltern waren natürlich auch da.

Als wir frisch vermählt aus der Kirche kamen, sagte Linda etwas Lustiges:

„Ich bin jetzt ein Krautchen!" in Anlehnung an den von Amerikanern oft verwendeten Kosenamen für die Deutschen.

Am nächsten Morgen fuhren wir noch einmal mit dem Schaufelrad-Dampfer; leider hatte ich keinerlei Sonnenkreme oder Hut. Mein stärkster Sonnenbrand im Leben war die Folge!

Nicht gerade angenehm für die kurze Hochzeitsreise in den Yosemite Nationalpark!

41.

Linda machte einige Bekanntschaften. Die Damen aus der Nachbarschaft oder flüchtige Begegnungen in der Stadt erzeugten langsam eine Art Freundeskreis, noch dazu mit Mary. Man traf sich, selten, aber immerhin.

Kaffeetrinken am Nachmittag hat ja Tradition in Deutschland – und nicht nur hier. Linda wurde auch eingeladen. Sie war ja nun eine „Attraktion", die Dame aus der neuen Welt mit der man englisch sprechen musste! Regelmäßig wurde sie nach zwei Stunden Besuch unruhig:
‚Soll ich nicht lieber gehen jetzt, bin ich wirklich noch willkommen? In Amerika hätte man mich schon höflich zum Gehen aufgefordert. Aber diese Damen sitzen und sitzen. Und es ist schon spät!'

Nach fünfeinhalb Stunden „Kaffeetrinken" versuchte sie sich zu verabschieden. Was sie genau sagte, weiß sie nicht mehr, nur so viel: „Ich muss nach Hause, die Katzen fressen." Alle lachten. Linda wusste nicht warum! Natürlich meinte sie füttern oder zu Fressen geben. Das war natürlich wichtig - und man ließ sie gehen. Solcherlei Besuche waren immer anstrengend für Linda. Sie ist auch eine Person, die ganz gern ihr „eigener Herr" ist: tun und lassen, was sie mag. Meine häufigen Reisen kamen ihr da entgegen.

Zeit für sich selbst zu haben war ihr immer wichtig!

42.

Meine Familie sahen wir jetzt natürlich nicht mehr so oft. Alle niederrheinischen Beziehungen waren abgerissen. Alle acht bis zehn Wochen besuchten wir Mutti und Papa und die Geschwister. Meist waren es irgendwelche Anlässe wie Geburtstage. Mutti vermisste ihre neue Schwiegertochter. Durch die vielen Geschäftsreisen hatte ich nicht so viel Gelegenheit, auch noch nach Krefeld zu fahren. Linda mag Autofahren auch nicht so sehr, soll heißen: lange Strecken. Zu Mutti und Papa waren es etwa dreihundertsechzig Kilometer.

Auch die langen trans-Atlantik Flüge waren Linda ein Dorn im Auge. Also entschieden wir, ihre

Kinder „rüber zu holen". Alle beide zur gleichen Zeit. Billy kam ein paar Tage nach Heidi und blieb auch nicht so lange. Wir wollten Ihnen einen unvergesslichen Aufenthalt mit hoffentlich schönen Erinnerungen bescheren. Innsbruck war da genau das Richtige!

Linda mochte Innsbruck – sie mag eben Berge. Von da über Liechtenstein ins Heidi-Land und weiter nach Straßburg und wieder zurück. Das kann man auch an einem Tag! Wir ließen uns zwei Tage Zeit. Die erste Übernachtung war dann in Innsbruck.

Der Alpen-Zoo in Innsbruck war ein wunderschönes Erlebnis! Man kann sich das ja vorstellen, welche schönen Bilder wir von diesem Besuch haben. Linda und ich waren auf unseren Touren schon da gewesen, wir mussten das den Beiden zeigen.
Und dann war da ja auch die berühmte Autobahn! Mal über hundert Meilen die Stunde zu fahren oder mehr, war natürlich ein – manchmal nicht so angenehmes – super Gefühl!

Ich hatte Linda gerade eine der ersten Satelliten-Schüsseln besorgt! Fernsehen in englischer Sprache war ein Muss! Dreizehnhundert Mark, ein Vermögen! Na ja, war schon in Ordnung. Für meine Stief-Kinder natürlich auch ein wenig Abwechslung von dem sowieso nicht verstandenen deutschen Sprachgewirr.

Nicht verstanden? Aber da war ja Linda! Nach gut zwei Jahren „glänzte" sie vor Ihren Kindern mit ihren Sprach- und Dolmetscher-Qualitäten. Es machte sie schon ein wenig Stolz, dass sie doch einiges übersetzen konnte und ihre sicherlich noch begrenzten Deutschkenntnisse beweisen konnte.
Dass wir an einem Tag in fünf Ländern waren, mit Stempeln in unseren Pässen und vier verschiedene Währungen „begreifen" mussten, war schon erstaunlich, zumindest für Heidi und Billy.

Meinen Pass hatte ich schon erneuern müssen; Linda's Pass würde auch bald viele Symbole und Stempel in allen möglichen Farben zeigen.

43.

In meiner Firma lief es eigentlich ganz gut, nur die Kollegen und mein Chef hatten sich irgendwie auf mich eingeschossen. Es lag wahrscheinlich daran, dass ich die Verkaufs- und Marketing Strategie der Firma förmlich in mich aufgesogen hatte und sie entsprechend vehement vertrat. Meine Verkaufsmannschaft stand hinter mir.

Wir hatten einmal im Monat ein Meeting irgendwo in Deutschland. Dieses neue Konzept war gänzlich neu im deutschen Markt und wir hatten nun mal die Aufgabe, dieses im Markt zu implementieren.

Das Team war ausgezeichnet und wir konnten kontinuierlich Erfolge vermelden.

Einer unserer Verkäufer war Rheinländer und auch Karnevalist. Wenn immer die Gelegenheit da war, hielt er bei den Meetings eine „Bütten-Rede". In der "fünften Jahreszeit" brauchte er öfters eine Auszeit: Er hatte seine Auftritte bei den verschiedenen Karnevals-Sitzungen geplant. Das er engagiert wurde, bedurfte auch einer Vermarktung seiner selbst. Beste Gelegenheit dazu war der Kölner Gürzenich, eine alljährliche Veranstaltung, bei der sich diese Redner schon vor dem Beginn der Saison vorstellen konnten.

Er lud Linda und mich und ein paar andere Kollegen ein. Es war eine schöne Erfahrung – auch, weil diese Sitzung nicht für die Allgemeinheit zugänglich war. Der Saal war bis auf den letzten Platz gefüllt, sicherlich einige Hundert Karnevals-Jecken. Ich gehöre nicht gerade zu dieser Zunft und für Linda war das nun auch neu.
Dass Linda nicht sehr viel verstand war klar. Mundart und die versteckten Witze, das war schon schwierig. Während einer Pause kam unser Verkäufer zu mir und fragte mich leise:
„Woher kommt Ihre Frau genau?"
„Dearborn bei Detroit Michigan, zumindest ist sie da geboren. Warum?"
„Nur so, ich habe da eine Idee."
Er ging. Ich ahnte da was, war mir aber nicht sicher. Linda sagte ich nichts. Zwischen den

einzelnen Reden wurden wie bei jeder Karnevals-Sitzung auch die VIPs begrüßt: Bürgermeister, Politiker, Prominente Bürger. Und wer nun mal extra aus den USA kam, war sicherlich prominent!

„Wir begrüßen auch ganz herzlich Linda Long von der Karnevals-Vereinigung Detroit Michigan!"
Die Kapelle spielte ihr „Ta-ta, ta-ta, ta-ta" und der Scheinwerfer fiel ohne Erbarmen auf Linda. Die war mehr als verstört und ich sagte ihr, dass sie jetzt aufstehen und winken muss. Sie tat es eher mit Widerwillen und drehte sich dabei standesgemäß nach allen Seiten um. Alles klatschte!
Auftritte solcher Art in der Öffentlichkeit und im Scheinwerferlicht waren nicht gerade „ihr Ding". Später bekam mein Verkäufer und ich eine strenge Ermahnung, dieses nicht wieder zu tun. Wir fanden die Idee super.

Heute ist das natürlich eine schöne Erinnerung.

44.

Ich musste oder wollte mal wieder die Firma wechseln. Es ging nicht mehr so gut trotz der Erfolge. Der Gegenwind der „introvertierten" Kollegen war nicht mehr zu verkraften. Nur diesmal verschlug es mich nach Nürnberg! Wieder eine so aufregende Herausforderung – ich bekam meine erste Geschäftsführung.

Linda war wieder allein! Sicherlich, sie musste sehen wie sie zurechtkam, das war ja vielleicht auch gut. Aber immer getrennt leben, das war ja nun wirklich nicht der Traum einer Ehe! Nur Miltenberg, dieses wunderschöne Haus mit all den Vorzügen, diese Stadt einfach wegen einem Job zu verlassen, wollten wir eigentlich auch nicht.

Gut, wir haben es versucht, ein Zuhause in der Nähe von Nürnberg zu finden. Aber die schon bekannte Frustration bei dieser erneuten Haussuche mit diesen zumindest aus amerikanischer Sicht architektonischen Fehlkonstruktionen war nicht gerade willkommen. Nürnberg ist schön, da gibt es keinen Zweifel; aber eben das richtige Haus zu finden war nicht so einfach. Irgendwann gab ich die Suche auf und wir blieben in Miltenberg. Zumindest war ich am Wochenende meistens zu Hause.

Und dieses war nun mal ein besonderes Zuhause, einfach zum Genießen. Im Zuge der Zeit hatten wir mehr Freunde, gingen viel Spazieren in den umliegenden Wäldern und waren glücklich!
Und doch hatte diese neue Firma und meine Stellung auch einen großen Vorteil: auf den Geschäftsreisen konnte ich Linda wann immer passend mitnehmen! Auf diese Weise konnte sie nun fast alles „Wichtige und Sehenswerte" in Europa erkunden. Es fehlten nur wenige Hauptstädte auf ihrer Landkarte.

Eine war London. Ich wollte eine kleine Niederlassung für den Service unserer Maschinen in der UK und in Irland gründen. Bei dieser Reise hatten wir zusammen auch Zeit, uns London anzusehen! Für Linda natürlich sprachlich wunderbar. Wir schauten uns vieles Sehenswerte an wie den Buckingham Palast, den Tower, die Kronjuwelen, St. Pauls Kathedrale, Hyde Park. Shopping war natürlich aufregend bei Harrods und auf der Oxford Street!

Linda war doch etwas erstaunt über die Briten. Trotz der fast gleichen Sprache – kein Amerikaner weiß was eine „fortnight" ist – waren natürlich der Akzent, das Essen, die Kleidung, die Gebäude, einfach Vieles so anders. Fahren mit den berühmten Taxis war natürlich auch ein Highlight, und dazu noch auf der falschen Seite!
Wir hatten die Möglichkeit „Cats" zu sehen; es wurde auf einer rotierenden Bühne aufgeführt, wir saßen ganz vorne. Ganz anders als in Hamburg, da hatten wir das Musical auch schon genossen. Nur das Wetter war mal wieder kull und regnerisch. Trotzdem, für uns beide ein paar schöne Tage.

Ich erinnere mich auch an unsere Paris-Reise, wo ich ihr gleich nach unserer Ankunft im Hotel die Stadt zeigen wollte. Wir hatten einen Leihwagen und ich kannte mich ein wenig aus. Was ich nicht wusste: an diesem Abend fanden einige dieser berüchtigten Studenten-Demonstrationen statt – und wir mittendrin! Es wurde einem schon ein wenig mulmig, wenn rechts und links Scheiben eingeschlagen und Autos demoliert werden – und wir konnten nicht ausweichen. Es ging aber alles gut: ein Polizist öffnete uns eine Seitenstraße.

Budapest fand sie aufregend; ein Hotel an der Donau, dieses besondere Flair und die für sie doch fremden Gaumenfreuden. An einem freien Nachmittag haben wir ihr in einem Musikgeschäft eine Violine gekauft. Sie hatte das Bedürfnis, zu lernen, eine solche zu spielen. Bisher leider mit wenig Erfolg.

Einmal fuhren wir ganz bis nach Barcelona mit dem Auto. Es war schon November, also sehr wenige Touristen. Wir bekamen ein super Hotelzimmer etwas außerhalb an den sonst so überfüllten Stränden.

Wir hatten die Zeit, uns die Sehenswürdigkeiten in Barcelona anzusehen; die Aussicht vom Olympiastadium war traumhaft! Auch die unvollendete Kirche von Gaudi, Sagrada Familia, oder der Markt La Boqueria an der Ramblas, das Columbus-Denkmal. Die Stadt ist sicherlich eine Reise wert!

Der Rückweg sollte durch Monaco führen, allerdings hatte man uns unsere Radkappen in einem Parkhaus in Barcelona gestohlen. In Monaco übernachteten wir über der Stadt im Valparaíso, eines der schönsten Hotels für mich mit einem wunderbaren Ausblick über Monaco und das Meer.

Auf der Hafenpromenade, da wo die Pitlane bei den Formel Eins Rennen ist, trafen wir tatsächlich auf Mika Häkkinen!

Portugal, Algarve, Lissabon, Cascais im Mai, ein Traum. Ich hatte herausgefunden, dass Flug für mich plus Hotel doppelt so teuer war wie eine Woche gebuchter Urlaub. Also war es eine leichte Entscheidung auch Linda mitzunehmen. Wir konnten am Wochenende das Land erkunden und uns eine Urkunde am Cabo da Roca abholen, der westlichste Punkt in Europa. Und sprachlich war das natürlich auch kein Problem: in vielen Ländern konnte oder musste sowieso Englisch gesprochen werden. Besuche in Restaurants und beim Shopping, alles kein Problem!
Auch bei den Geschäftsessen, die es hier und da gab, war Linda immer gern gesehen. Der Gesprächsstoff ging nie aus, zumal die meisten schon in den USA waren und Linda dann eben immer „ausgefragt" wurde.

Österreich ist ihr Lieblingsland! Wir hatten auch die Gelegenheit in Wien die Lipizzaner-Vorführung zu sehen, eines ihrer Träume. Sie hatte ja auf einer Ranch in Wyoming gelebt und fühlte sich wohl mit Pferden. Das Geschäftsessen hier war für Linda eine echte Überraschung: während ich am nächsten Tag Kunden besuchte, wollte sich der

Geschäftspartner solange mit Linda „einen schönen Tag" machen. Linda war sehr erstaunt über diesen „Antrag", konnte es eigentlich nicht fassen, dass es so etwas gibt. Sie traf bei unseren Reisen auf Dinge, die ihr nicht nur fremd waren, sie waren auch unakzeptabel.

Berge und Wasser, am besten zusammen mit einer hübschen Stadt, das gefiel ihr immer besonders. Deshalb auch die Zuneigung zu Innsbruck, welches wir öfter besuchten.

45.

Miltenberg schien sich zu ändern, Deutschland auch: die großen Lebensmittelgeschäfte hatten erste amerikanische Produkte, erstaunlich. Die Öffnungszeiten wurden geändert und man bekam auch am Wochenende noch länger etwas zu kaufen – und wenn es auch nur an der Tankstelle war. Die allererste Ausnahme hatten wir schon in Wülfrath erlebt: wir nannten die BP-Tankstelle am Ende der Straße „Seven Eleven", so wie diese Kette in den USA. Zumindest das Notwendigste wie Getränke, Milchprodukte und Süßes konnte man ergattern.

In Miltenberg machte die erste OBI Niederlassung auf; wir hatten immer etwas zu tun am Haus, da wir uns auch bereit erklärt hatten, selbst das Haus weitestgehend in Ordnung zu halten. Auf der anderen Seite hatte unser Vermieter klar gemacht, dass wir den Park natürlich benutzen konnten, allerdings stellte er die Gärtner, drei an der Zahl! Also blieben Linda von der Gartenarbeit nur die „schönen" Dinge: Blumenbeete und kleine Pflanzen, ein paar Verschönerungen an Bäumen und Rasen.

Und dazu braucht man auch Blumenerde und Rindenmulch. Auf zu OBI! Natürlich hatten die alles, was wir brauchten. Die Erfahrung lehrt, man hat nie genug. Kaum ist man Zuhause, zeigt sich, wir müssen mehr von diesem Rindenmulch haben. Sieht ja danach auch so gepflegt aus!
Linda fuhr wieder hin. Des Deutschen noch nicht mächtig fragte sie einen der Verkäufer:
„Haben Sie noch Rindfleisch?"

Man kann sich das Gelächter vorstellen und Linda war natürlich konsterniert. Sie realisierte, dass sie da irgendwas nicht ganz richtig ausgesprochen hatte. Na ja, war ja nicht so schlimm, aber eben eine dieser netten Episoden. Sie bekam aber was sie wollte – sie bekommt fast immer was sie will!

Linda ist für solche „Überraschungen" immer gut!

46.

Die kulturellen Unterschiede traten eigentlich immer auf, überall, in fast allen Situationen, nicht nur innerhalb der Familie.

Beim Kochen und Backen gab es einige Unterschiede. Den berühmten „Pie" kann man eigentlich nur richtig in der passenden Glaspfanne backen, die es zumindest damals nicht gab. Also wurde wieder improvisiert; was da dann rauskam war eben nicht ganz nach Linda's Geschmack, das ist wörtlich zu nehmen! Vor allem der „Pumkin-Pie" mit Kürbisgeschmack wollte gar nicht gelingen – und das ist ihr Lieblingskuchen. Der einzige, der mir schmeckt, ist dieser „Apple-Pie"; der kommt unserem Apfelkuchen nahe.

Auch hatte sie mir einige ihrer amerikanischen Speisen zubereitet, bei denen ich manchmal nicht so recht wusste, warum man ausgerechnet „Das" gerade so „zusammenmixte".

Eine dieser Besonderheiten ist die bekannte amerikanische Sandwich-Kultur; so essen wir eben nicht! Dieses ewige Weißbrot! Und dann kommt da Mayonnaise statt Butter drauf! Und Tomaten mit Käse und Frühstückspeck! Oder Erdnuss-Butter. Beim ersten Biss fällt der ganze Turmbau auseinander und man muss wieder alles „zusammenbauen". Ganz zu schweigen von den verklebten Fingern.

Ach ja, der Speck. Ich habe noch keinen Amerikaner gesehen, der unseren Speck ist; der, den man in dünnen Scheiben aufs Brot schneidet und vielleicht mit Paprika garniert. Bisher war da jede Art der Überredung zwecklos – ähnlich wie beim Kümmel. Der geht gar nicht! Auch bei Linda hatte ich dahingehend keinerlei Erfolg, sie mag es einfach nicht.
Und noch so etwas, welches den Amerikanern nicht über die Zunge geht: Schmalz. Dieses aufs Brot und mit etwas Salz, geht doch, oder? Wird ja oft in Restaurants als Vorspeise serviert. Antwort auch hier ist ein klares „Nein!" Aber im Weihnachtslied Schnitzel mit Nudeln besingen!

Interessant war es auch, wenn Linda und ich zum Italiener essen gingen; italienisches Essen ist den Amerikanern gut bekannt, allerdings gibt es hier in den Definitionen der Speisen Unterschiede. Wenn ich in den USA Spinat-Pizza bestellte, schaute man mich ungläubig an, die gab es in den Achtzigern nicht – in Deutschland schon. Und bei der Peperoni-Pizza muss man auch aufpassen: das ist die mit Salami. Bis heute ist das in den USA so.

Auf der anderen Seite sind da allerdings auch die lieblichen Gerichte oder besonders die Desserts. Geschälte Apfelstückchen, die in eine Art Sirup aus Philadelphia, Butter und Zucker mit Zimt gerührten Brei (Dip) gesteckt werden. Schmeckt hervorragend!

Zugegeben, Kalorien-arm ist das nicht gerade!

47.

Linda war nun völlig in die Familie integriert; eine Familie, die eher konservativ war und natürlich durch die Wirren des zweiten Weltkrieges, die Erfahrungen in der DDR und auch durch gewisse Vorurteile geprägt war. Vorurteile, na ja, wer hat die nicht?

Und dann war da dieses Wesen von dem anderen Stern: Amerikanerin, was sie mit Stolz kundtat. Einen nationalen Stolz, den die Deutschen ja nicht mehr gewohnt waren und wahrscheinlich auch nicht mehr zeigen durften.

Die Akzeptanz, die Linda erfuhr kam sicherlich vor allem von ihrem freundlichen und zuvorkommenden Auftreten; da war eigentlich niemand, der sie nicht gleich sympathisch fand. Aber darüber hinaus hatte sie auch das Gefühl, dass sie Vertrauen haben konnte in ihre Umgebung, die Menschen, mit denen sie in Kontakt kam. Zumindest mehr als es in den USA üblich ist.

Sie hatte eben wie schon beschrieben auch diesen europäischen „Teil" in ihrem Charakter, der mir sofort aufgefallen war: irisch, schottisch, ungarisch und österreichisch. Ihre Großeltern spielten erste Violinen bei den Berliner Philharmonikern!

Diese Gene hatte sie wohl geerbt; ich hatte von Anfang an den Eindruck, dass sie etwas Europäisches hat in ihrer Ausstrahlung. Und Linda fühlt sich mehr und mehr beheimatet hier.

Sie hatte obendrein einen guten Geschmack, kleidete sich wie eine Dame. Schon ihre Mutter nannte sie „Little Lady". Natürlich war ich auch stolz auf sie, war immer erfreut, wenn sie mich begleitete, auf Geschäftsreisen und auch bei anderen Gelegenheiten.

Papa hatte da seine ganz eigene Art, Linda seine Zuneigung zu zeigen. Nun ja, die englischen Sprachkenntnisse waren nun mal limitiert; Papa war Anfang siebzig und nie in den Genuss einer weiterführenden Ausbildung gekommen, der zweite Weltkrieg übernahm das: er flog die JU 52 durch ganz Europa und bis nach Afrika. Englisch wurde damals nicht gesprochen im deutschen Bordfunk.

Linda brachte ihm ein paar Worte bei, die er immer wieder versuchte „abzuspeichern". Da war zum Beispiel „Nasty Boy", das mochte er besonders. Es basierte auf Papa's frecher Zunge. Seine Aussprache war zum Teil sehr amüsant: bis er das „Squirl" (Eichhörnchen) aussprechen konnte, bedurfte es schon einiger Versuche; Eichhörnchen war allerdings eine ähnliche Herausforderung für Linda.

Die Lacher waren dann immer bei denen, die beide Sprachen einigermaßen beherrschten. Das Beste überhaupt war Papa's „Totpaste", seine eigenartige Version der „Toothpaste". Und da waren ja auch noch die „Kokies" von Mutti, was sie so schön „verdeutschte" aus den „Cookies", genau wie ihr „Neff Jork".

Schöne Erinnerungen!

48.

Für Linda gibt es bis heute „auf dem Mond" immer wieder Dinge, mit denen sie sich trotz allem nicht anfreunden kann:
Zum Beispiel, dass man seine gekauften Lebensmittel selbst unter Zeitdruck in den Verkaufswagen einsortieren muss. Oder dass Leute nicht zuvorkommend Platz machen. Oder dass zu dicht aufgefahren wird. Oder dass nicht gegrüßt wird. Oder dass man eher zurückhaltend reagiert – bis man sich besser kennt.
Aber Letzteres ist etwas, was sie auch schätzt: wenn man sich einmal versteht, dann ist man „Freund" fürs Leben. Unsere deutschen Freunde haben uns immer angerufen; das kann man nicht unbedingt von der anderen Seite behaupten. Und dass die abendländische Kultur eben ganz anders ist und sehr viele Facetten hat, macht das Leben hier interessant für sie. Man kann und darf auch Vertrauen schenken, etwas, was sie vorher nicht kennengelernt hat.

Nur der Service ist noch verbesserungswürdig.

49.

Wieder ein neuer Job! Man hatte mich abgeworben. Neben dem Geld war ein anderer Vorteil auch, dass ich viel öfter Zuhause war! Die Firma war im Norden von Frankfurt. Geschäftsführung für eine Niederlassung einer globalen Milliarden-schweren Unternehmung, verantwortlich für lockere achtzig Millionen, dem größten Umsatz in Europa. Natürlich blieben wir weiterhin in Miltenberg wohnen!

Endlich bekam ich auch meinen Traum-Firmenwagen: S-Klasse. Aber der Job war nicht ohne. Man hatte mir die Aufgabe gegeben, die verlorenen zwanzig Prozent aus dem Vorjahr wieder wettzumachen. Ich schaffte es!

Und da war ja auch die Chance auf den Posten meines kanadischen Chefs in London: „Senior Vice President Europe Sales and Marketing" für mehrere Hundert Millionen! Sicherlich, das wär's dann für meine Karriere. Er hatte mir das in Aussicht gestellt, wenn er nach Kanada zurückkehrt.

Und für Linda wollte ich auch etwas ganz Besonderes: zu diesem Zeitpunkt hatte der Verkauf der SLK begonnen; sie sollte einen bekommen. Den SLC würden wir verkaufen. Die Autos aus dem Schwabenland sind für Amerikaner noch mehr Statussymbol als diese bayrischen Autos.

Leider war damals die Wartezeit über zwei Jahre – und so lange hat es dann auch wirklich gedauert bis zur Lieferung.

Trotzdem war sie mächtig stolz auf ihr neues Gefährt! Es war natürlich auch ein Symbol für sie: ich bin etabliert und in Deutschland „angekommen".

50.

Wie so oft, es kommt anders. Die Firma wurde an der Börse verkauft – und meine Perspektive platzte wie die berühmte Seifenblase. Viel schlimmer noch, die neuen Hausherren brauchten mich nicht und bevorzugten ihre eigenen Geschäftsführer; der Job war also auch weg!

Und wieder schloss sich eine Tür und eine neue öffnete sich! Linda und ich wussten es noch nicht; erst war da mal Frustration und Unsicherheit über die Zukunft! Aber irgendwie würde es sich ergeben, der neue Job und die neue Herausforderung!

Eines habe ich im Leben gelernt: es geht immer irgendwie weiter! Irgendjemand hatte da wohl einen Plan für uns gemacht.

Epilog

Auch wenn die Abfindung groß war, ewig kann man davon nicht leben! Eine neue Aufgabe musste her, die uns auch das nötige Kleingeld verschaffte.

Aus der Not heraus meldete ich mich arbeitslos und gründete gleichzeitig meine Unternehmens-Beratung. Ich hatte so viel in meiner Karriere gelernt, ein solch gutes Gefühl für Firmen und deren Situation entwickelt. Sicherlich mit Schwerpunkt Verkauf und Marketing, aber andere Bereiche waren mir nicht mehr fremd. Daraus musste man doch Kapital schlagen können?

Ich aktivierte mein Netzwerk. Sicherlich war ich nervös, Linda erst recht! Linda braucht Sicherheit, ihre „Burg", das ist ihr sehr wichtig. Sie selbst konnte da wenig machen, es lag an mir. Natürlich bewarb ich mich, ein paar hundert Mal, bekam aber nur Absagen. Auch die Interviews, zu denen ich geladen wurde, brachten mir keine neue Anstellung. Außerdem war es äußerst frustrierend, wenn man von offizieller Stelle schriftlich bestätigt bekommt, dass man zu alt und zu teuer ist – und das mit siebenundvierzig!

Ich schaltete eine Anzeige in der FAZ und wurde kontaktiert. Eine deutsche High-Tech-Firma wollte ihre Marketing-Aktivitäten neu ordnen und brauchte Unterstützung. Eine typische Situation: die Produkte sind gut oder sogar ausgezeichnet, aber die Techniker und Ingenieure, die sie entwickelt haben, können sie nicht verkaufen.

Das war aber nicht die Überraschung: die Firma hatte eine Niederlassung in Sunnyvale im Silicon Valley! Und die brauchte Hilfe! Schon während der ersten Gespräche wurde klar, dass die Versetzung eine Option war. Die große Frage war, ob Linda und ich in die USA gehen sollten. Einiges sprach dafür, wenig dagegen.

Die Entscheidung fiel auf USA. Wir sollten nach etwa sechs Monaten Einarbeitung in Deutschland in die USA ziehen! Für mich wäre das keine große Umstellung geworden, jedenfalls bei Weitem nicht so groß wie für Linda vor 12 Jahren in Deutschland. Dachte ich.

Nachdem wir es der Familie beigebracht hatten - Mutti und Papa waren nicht erfreut! – fingen wir an, den Umzug zu planen. Wir sollten fünf Jahre in den USA bleiben.

Nicht alles lief nach Plan, aber wenigsten hatte Linda für ein paar Jahre ihre Familie und ihre Kinder und Enkelkinder nahe bei sich! Für mich war es sicherlich eine sehr gute Erfahrung; zu lernen wie es in einer amerikanischen Firma zugeht, wie man vor allem „aufmerksam" mit den Mitarbeitern umgehen muss, die Gesetzte und die Obrigkeit, alles doch etwas anders als in Europa.

Wir blieben von Juli 2000 bis Juni 2005 in den USA, lebten zuerst an der südlichen San Francisco Bay in Newark und dann dreieinhalb Jahre in Las Vegas. Manchmal musste ich mich schon kneifen, wenn ich vom Flughafen in Las Vegas über den Strip nach Hause fuhr und all diese (deutschen) Touristen sah: und ich lebte hier!

Und es war an mir, mich manchmal wie auf einem anderen Stern zu fühlen. Aber ich hatte es einfacher als Linda in Deutschland, schon allein wegen meiner Sprachkenntnisse und meiner ausgiebigen Auslandserfahrung und den doch mittlerweile schon etwa dreißig USA-Aufenthalten. Gewisse Unannehmlichkeiten und die kleineren Überraschungen, die wir erlebten, waren nicht der Grund, weshalb wir uns 2005 entschlossen, nach Deutschland zurückzukehren.

Dieses Mal würde es für Linda leichter sein! Nicht nur, dass sie schon Deutsch sprach - etwas gebrochen aber brauchbar – sondern auch, dass ihr die Unterschiede bewusst waren. Auch die Begleitumstände, die durch Internet, online Kommunikationsprogramme, email, preiswerte Telefonkosten erleichtert wurden, waren viel besser. Und hier und da gab es vermehrt amerikanische Lebensmittel in den Regalen der Lebensmittelläden. Allerdings wurde dadurch meine USA-Einkaufsliste nicht gänzlich unnötig.

Sie wusste jetzt aus Erfahrung, wie die Europäer und im Besonderen die Deutschen „ticken". Sie hatte nun auch die Lebensweisen erneut vergleichen können: ihr war Europa nicht mehr fremd – und letztendlich verkörperte es auch für sie die bessere Lösung für ihre und unsere Zukunft – obwohl ihre Familie, Kinder und Enkel nun mal in Amerika sind.

Ein neuer, guter Job half uns bei dieser Entscheidung, wieder nach Deutschland zu ziehen, nach Oberbayern zunächst, dann Niederbayern und jetzt sind wir in Oberfranken zuhause: wir haben diesen Schritt nicht bereut.